銀河鉄道の夜

银河铁道之夜

（日）宫泽贤治◎著　半夏◎译

中国华侨出版社
北京

图书在版编目（CIP）数据

银河铁道之夜／（日）宫泽贤治著；半夏译 . —北京：
中国华侨出版社，2021.10
ISBN 978-7-5113-8552-9

Ⅰ . ①银… Ⅱ . ①宫… ②半… Ⅲ . ①童话－作品集－
日本－现代 Ⅳ . ① I313.88

中国版本图书馆 CIP 数据核字 (2021) 第 104976 号

银河铁道之夜

著　　者／	（日）宫泽贤治
译　　者／	半　夏
责任编辑／	李胜佳
封面设计／	胡椒设计
经　　销／	新华书店
开　　本／	880 毫米 ×1230 毫米　1/32　印张／8　字数／186 千字
印　　刷／	三河市华润印刷有限公司
版　　次／	2021 年 10 月第 1 版　2021 年 10 月第 1 次印刷
书　　号／	ISBN 978-7-5113-8552-9
定　　价／	38.00 元

中国华侨出版社　北京市朝阳区西坝河东里 77 号楼底商 5 号　邮编：100028
法律顾问：陈鹰律师事务所
编辑部：(010) 64443056　64443979
发行部：(010) 64443051　传真：(010) 64439708
网　址：www.oveaschin.com
E-mail：oveaschin@sina.com

译者序

　　宫泽贤治（1896—1933）出生于日本岩手县花卷市一个富商之家，他不仅是日本知名度极高的国民作家，而且是教师、农艺改革者、求道者等。从中学时期开始，宫泽贤治便开始了创作生涯，二十八岁时自费出版了童话集《要求超多的餐厅》和诗集《春与阿修罗》。他的童话被译成多种文字，深受全世界读者的喜爱。

　　宫泽贤治的童话具有强烈的个人特色，擅长用诗歌般清丽的文笔，向读者勾勒出美丽浪漫的映像。他的很多作品被编入日本中小学国语教材，人们从他那看起来简单却极其深刻的哲理故事中，可以品味人生的百般滋味。在其作品的启发下，很多艺术家改编创作出动画、电影等一系列作品。

　　他的童话不只是童话，站在小孩的角度来看的确很有趣，而在年纪大一点的人看来，却是引人思考，且极富同情心的。因此他的读者群是广泛的，从小孩到成人，处在不同年龄阶段的人、处在不同时期的人都会对他的"童话"有深刻的领悟。

《银河铁道之夜》让我们看到了银河系的美丽和壮观，也让我们读到一个男孩乘坐银河列车以后的种种见闻，充满神奇的色彩，其中也不乏美丽和悲伤。

这不仅仅是一本童话，我们每一个人的心里，都住着一个任性的孩子，而我们美好的时光，会停留在这里⋯⋯

目　录

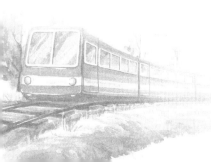

银河铁道之夜

一、午后的课

"各位同学，有人说这片不太清楚的白色地带像河流，也有人说它像牛奶流过后留下来的痕迹，那么，你们知道它究竟是什么吗？"黑板上挂着一张黑色的大星空图，老师指着图中那道蜿蜒向下的模模糊糊的东西问同学们。

率先举手的是康帕瑞拉，接下来又有四五个同学举手。乔凡尼也小心翼翼地举起了手，不过很快又放了下去。没错，印象中他曾在某本杂志上看到过那些和星星有关的文章，可近一段时间以来，他一上课就在打盹儿，整天迷迷糊糊的，既没有好好看书，也没有什么可以看的书，因此很多知识他都开始觉得理解不了。

可是他的动作却被老师发现了。

"乔凡尼同学，你知道答案对吧？"

乔凡尼赶紧站了起来，可是站起来以后他才意识到这个问题他根本不会。坐在前排的查内力转过头来看着他，"扑哧"一下笑了出来。乔瓦尼的脸瞬间就红了。

老师又问道："假如我们用高倍天文望远镜认真观察银河，可以看到银河里都有些什么呢？"

尽管乔凡尼在心中反复揣摩，应该是星星吧，可是缺乏自信的他不敢把答案说出口。

老师看他不作声，有点难堪，便转过脸看向康帕瑞拉，说："康帕瑞拉同学，你来说。"

康帕瑞拉原本是第一个举手的，现在却变得吞吞吐吐，缓缓起身，沉默着，也没有回答老师的问题。

老师觉得有些意外，盯着他看了好久，才说了声，"好吧"，然后快速转向黑板，指着星空图说，"用高倍天文望远镜观察这道白色的模糊的银河，可以看到很多闪闪发亮的颗粒，也就是星星，对不对，乔凡尼同学？"

乔凡尼涨红着脸，点了点头，不知何时，泪水已经盈满他的眼眶。没错，我早就知道答案是什么，康帕瑞拉也知道。康帕瑞拉的父亲是位博士，我曾经和他一起在他家看过那本杂志，上面就是这样写的。看完杂志以后，康帕瑞拉又专门从父亲的书房里拿了一本很厚的书出来，翻到和银河相关的那部分。我们还认真看了好久书上那星光璀璨的美丽图片呢！康帕瑞拉不可能把这些事忘掉！那么他并不是真的不会回答，而是因为他知道我早上和下午都要干活，天天疲惫不堪，在学校时也无精打采的，没有精力和大家一起疯闹，甚至和他讲话的次数都少得可怜，因此他在同情我，有意答不上来。

一想到这，乔凡尼的心中涌起一种既感激又酸涩的感觉，觉得自己和康帕瑞拉都很可怜。

老师接着说道：

"因此，我们现在假设银河是一条真正的河流，那么这些小星星就如同河底的沙砾或石子。假如我们再把它想象成一条巨大的牛奶河，那就和银河更接近了。换句话来说，这些星星就如同在牛奶中漂浮的细小脂肪球。那么，这条大河的河水到底是什么呢？难道真的是和'水'相似的物质吗？不，银河群星之间是真空。真空以相应的速度对光线进行传输，其中就漂泊着太阳、地球，也就是说，我们都在银河的河水中居住。如果站在银河的河水中看向四周，会发现在银河底部越深远的地方，汇聚了越多的群星，就如同越是底部的水看起来更蓝一样，所以银河才会看上去是一片白的。同学们，请观察这个模型。"

老师用教鞭指着一个大型双面凸透镜，里面有不少发光的细沙，接着跟同学们说道：

"银河的形状就类似这个模型，这里面所有发光的细沙就像是和太阳一样的星体，它们自身都是可以发光的。我们的太阳大体上位于中央这个部分，地球就在太阳旁边。假如到了晚上，大家在中间这个位置站着，观察凸透镜的世界，会发现这面的镜片很薄，只能看到为数不多的星光，而这边的镜片由于要厚一些，所以看到的发光的沙粒，也就是星球比较多。越是远离地球的地方，越是模糊。今天我们要讲的有关银河的知识就是这些，而下节科学课我们会讲到这个凸透镜到底多大，以及其中无数星星的故事。此外，今晚是银河节，大家可以到野外好好观察一下天空。好了，下课，请大家把书和笔记本都收好。"

教室里顿时响起了书桌盖开合以及收拾书本的声音。之后，同学们起身向老师行礼，陆续出了教室。

二、印刷厂

乔凡尼刚从校门走出去，就看到操场一角的樱花树下聚集着七八位同班同学，他们把康帕瑞围在正中央，正叽哩咕噜地说着什么。看起来像在商量去哪里把王瓜弄来，做成青色灯笼在银河节的河里漂放。

乔凡尼和他们打过招呼以后，就快步离开了学校。大街上，每家每户都在忙着今晚的银河节。他们不是在门前悬挂紫杉叶球，就是在柏树上装饰彩灯，一派热闹的景象。

乔凡尼没有直接回去，而是转了三个路口，来到一家大印刷厂。他向入口处桌台后面坐着的一个身穿白衬衣的胖男子鞠了一躬，然后脱鞋进入屋里，朝上走到最里面的房间，把房门拉开。尽管这时是白天，房间里的电灯却开着。一台台转轮印刷机飞速运转着。一批包着头巾、戴着伞状遮光镜的工人，口中念念有词地数着铅字，都在自己的岗位上辛苦工作着。

乔凡尼走到从门口开始数的第三张高台前，朝高台后的人鞠了一躬。那人便转身在工作架上翻找了一会儿，很快翻出一张纸来给乔凡尼，说："你今天的工作量就是这些，有没有问题？"

乔凡尼摇摇头，把一个扁小的盒子从那人的高台下面拖出来，走到对面铅字墙的墙角蹲下来。这里的光线比较充足，他用镊子把一个个像粟米粒那么大的铅字夹起来放到小盒里面。

一个身穿蓝色工装裙的工人从乔凡尼身后经过，笑着对他说："哟，小放大镜君，早啊！"一旁的四五个工人听了，也安静地看了一眼这边，微微笑了一下。

乔凡尼时不时用手揉揉双眼，继续挑拣铅字。

六点了，乔凡尼把挑拣出来的一满盒铅字和手中那张纸认真核对了一遍，才捧着盒子来到之前那张高台前。台后的人无声地接过盒子，轻轻颔首。

乔凡尼又朝他鞠了一躬，把房门打开，走到印刷厂入口的桌台前。那个身穿宽松白衬衣的胖男子依然站在桌台后面，一样无声地递给乔凡尼一枚小银币。乔凡尼露出了开心的笑容，朝他深深地鞠了一躬，飞速地从桌台下把寄存的书包拿出来跑到大街上。他边高兴地哼着歌，边进入面包店买了一条面包和一袋方糖，之后一路飞奔回去。

三、家

乔凡尼三步并作两步跑到后街小巷的一间破旧的小屋里面，他的家就在这里。三个并排的入口处，一只种满紫色卷心菜和芦笋的破木箱放在最左边的门前。两扇小窗终日都挂着窗帘。

"妈妈，我回来了。您身体好点了吗？"乔凡尼边脱鞋边问候自己的母亲。

"哦，乔凡尼回来了呀！今天干活很累吧？今天天气不错，我感觉也还好。"

乔凡尼经过玄关进入屋子里，看到里屋床上躺着的母亲正在休息，身上盖着白被单。

他走过去打开窗户。

"妈妈，我今天买了方糖，我加到牛奶里面给您喝。"

"啊，你先吃吧，我现在还不饿。"

"妈妈，姐姐是几点回去的？"

"三点左右。她帮我做完了所有家务。"

"您的牛奶送来了吗？"

"好像还没有。"

"我马上去帮您取。"

"不着急，不着急，你先吃饭吧。你姐姐用西红柿煮了道菜，就在那边放着。"

"那我就先吃啦。"

乔凡尼把装有西红柿菜肴的盘子端过来，配着面包开始狼吞虎咽。

"妈妈，我猜爸爸很快就会回来了。"

"我也这么认为。可是你怎么会有这样的想法呢？"

"因为我看了今天早上的报纸，说今年北方捕鱼很有收获。"

"可是，你爸爸可能并没有出海捕鱼。"

"肯定是捕鱼去了。爸爸怎么可能做坏事呢？上回他捐给学校的大蟹壳、驯鹿角，现在都还在标本室里放着呢！老师给六年级上课时，还会用它当教具呢。去年的修学旅行……"

"你爸爸还允诺下次送你一件海獭皮的外套呢。"

"唉，同学们只要一看到我，就会拿这件事取笑我。"

"他们说不好听的话了？"

"嗯，只有康帕瑞拉从来不会说我坏话，而且每次我被大家取笑时，他都很伤心。"

"他爸爸和你爸爸的关系，就像现在你和他之间的关系一样，是从小一起长大的好朋友。"

"哦，原来是这样啊，我还纳闷爸爸以前怎么总带我到康帕瑞拉家做客呢。一想到那时候我就很高兴。一放学，我就去康帕瑞拉家玩。他家里有一列玩具火车，一共有七节铁轨，是用酒精灯发动的。此外，还有电线杆、信号灯。只有当火车通过时，绿色的信号灯才会亮。有一次我们把酒精用完了，就用了煤油，结果油罐都被我们熏得黑漆漆的。"

"是吗？"

"现在每天早上送报时，我也会从康帕瑞拉家路过，可是整栋屋都没有声音。"

"那是因为太早了，他们都还没起来呢。"

"可是他们家有条叫'查伟尔'的看门狗，尾巴就像扫把一样，每次我到那里去，都会低声叫着跟在我后面，一直到街角拐弯处，有时甚至还不止。今晚大家都去河边漂放灯笼，那狗一定也跟着去了。"

"是啊，今晚就是银河节了。"

"嗯，我取牛奶时，顺便去凑凑热闹。"

"去玩是没问题，可是千万不能下河。"

"我知道，我就站在岸边看，一个小时左右我就回来了。"

"不用那么着急，可以多玩一会儿。只要康帕瑞拉和你在一起，我就不担心啦。"

"我保证和他在一起。妈妈，我帮您把窗户关上，可以吗？"

"好的，关上吧。起风了，天气变冷了。"

乔凡尼起身关上窗户，又把菜盘和面包袋收好，利落地把鞋子穿好，说："一个半小时我就回来了。"之后离开了家。

四、半人马座节之夜

乔凡尼噘着嘴，似乎在孤单地吹着口哨，一个人从两旁满是柏树、处处是黑影的坡道走下来。

一盏高大的路灯位于坡道下，散发出银灰色的亮光。乔凡尼大步向路灯走去，身后拖着一条长线，那是像妖怪一样的影子，一开始是模糊的，后来越来越清晰，有时把手举起来，有时把脚抬起来，就像和乔凡尼捉迷藏一样，在他的身边转来转去。

"我是永不停歇的火车头，前面是下坡，要加速前进喽。现在我要从前方的路灯经过了。快看，我的影子就像圆规一样，绕一圈冲到前面去。"

乔凡尼边想象着边大步走过路灯。白天上课时的那个穿着崭新的竖领上衣的查内力从黑漆漆的另一头的小巷里突然蹿出来，猛地经过乔凡尼身边。

"查内力，你赶着去河边漂放王瓜灯笼吗？"

乔凡尼话还没说完，查内力就冷不丁地在他背后冒了一句：

"乔凡尼，你爸爸送你的海獭皮外套呢？"

乔凡尼的心一紧，只觉得耳边全是聒噪的声音。

"你为什么这样说？查内力！"乔凡尼大吼道。可是查内力已经跑到对面一栋周围处处是柏树的大屋中。

"一直以来，我都谨言慎行，可是查内力怎么老是这样对我呢？看他那样，跑起来像只老鼠一样，竟然还天天笑话我！他真是太笨了！"

乔凡尼的脑子飞速运转着，飞快地从被漂亮的彩灯和树枝装点过的迷人的大街穿过。钟表店的橱窗里闪耀着璀璨的霓虹灯，每过一秒钟，猫头鹰座钟那用红宝石做的眼珠便会转一下。颜色各异的美丽宝石镶嵌在海蓝色的厚玻璃圆盘上，宝石盘像行星一样慢慢转动。对面那侧有一只用铜做成的半人马，正缓缓转向这一边。宝石转盘的正中有一张圆形黑底的星座一览图，周边是碧绿的芦笋叶，越发显得动人。

乔凡尼顿时把心思也抛到了一边，目不转睛地盯着那星座一览图看。

和白天在课堂上见到的星图相比，这张星座一览图的面积小多了，可是假如按当天的日期和时刻把转盘旋转好，当晚的星空便会出现在椭圆形的玻璃盘中。位于正中央的白茫茫的银河通体呈模糊的带状。带子的下方看起来就像发生了小型爆炸一样，蒸气噌噌往外冒。

一部用三脚架支起的小型望远镜位于玻璃转盘的后面，金黄色的光芒迸现。一张硕大的星座图挂在最后面的墙壁上，天空的各个星座都被绘制成各种各样的怪兽，还有蛇、鱼、水瓶等样子。乔凡尼在它面前站了很久，心想天上真的有恐怖的天蝎、英勇的射手吗？啊，我真想去天上看看。

乔凡尼忽然想到还没有给妈妈取牛奶，于是恋恋不舍地从钟表店离开了。

尽管因为上衣过于窄小，肩头被束缚得很难受，可是乔凡尼依然精神抖擞地摆动着手臂，昂首阔步地从街道穿过。

街面和店铺都被清冷的空气所掩盖，翠绿的冷杉和橡树枝掩映在街灯中，电力公司楼前矗立着六株法国梧桐树，上面装饰着各种颜色的小彩灯，让人乍一看去还以为到了人鱼之都。孩子们把刚从衣柜里拿出来的、还带着折痕的新衣服穿在身上，吹着《星星圆舞曲》的口哨，一边奔跑一边大声叫道："半人马座呀，快降雾水吧！"另一些孩子则燃放着蓝色的烟花，快乐地玩耍着。只有乔凡尼的脑袋耷拉下来，就像没看到各种喧闹一样，在思考着与周围环境格格不入的事，并快步走向牛奶站。

不一会儿，乔凡尼就来到了郊区。在遥远的星空下挺立着一片片高大的白杨树，他从牧场牛奶站那漆黑的大门跨过去，走到处处是乳牛味的昏暗厨房，把帽子摘下来，道了一句晚安。

屋里一点声音都没有，就像没有人在一样。

"晚安，有人在吗？"乔凡尼站得笔直，再次问了一声。过了好大一会儿，才有一个看上去身子羸弱的老奶奶颤颤巍巍地从里面走出来，问乔凡尼有什么事情。

"哦，因为今天的牛奶一直没有送，所以我专门跑过来取一趟。"乔凡尼担心老奶奶耳朵不好，故意说得很大声。

"现在没有主事的人，对于送奶的事我也不清楚，要不然你明天再来吧。"老奶奶边揉着发红的眼皮边低头看着乔凡尼。

"我妈妈生病了，今晚必须有牛奶。"

"这样啊，那请你晚一点再来吧！"老奶奶做出要进屋的样子。

"那好吧，谢谢。"乔凡尼朝老奶奶鞠了一躬，就从厨房离开了。

他来到街道的十字路口，正准备转弯时，看到六七个身穿白色校服的学生模样的人，正站在对面桥头的杂货店门前。这些小学生有的吹着口哨，有的笑得很大声，每个人手里都拿着一盏王瓜做成的灯笼，成群结队地走向这边。对于他们的谈笑声和口哨声，乔凡尼很是熟悉，因为他们都是他的同班同学。

乔凡尼原本准备转身离他们远远的，可是转念一想，反倒昂首阔步地向他们走过去。

"你们是去河边放灯吗？"乔凡尼动了动嘴唇，准备这样问，可是喉咙好像被噎住了一样，半天一个字都没有说出来。

"乔凡尼，你爸爸送你的海獭皮外套呢？"之前碰到过的查内力那令人烦躁的声音再次响起。

"乔凡尼，海獭皮外套呢？"其他人也跟着起哄。

乔凡尼的脸涨得红通通的，不知所措，只想尽快离开他们。他在这群人中发现了康帕瑞拉的身影。康帕瑞拉的脸上露出笑容，看上去有些内疚，不好意思地望着乔凡尼，似乎在请他包容。

乔凡尼却尽量不和他的目光对视。等到康帕瑞拉他们已经走远，大家又吹起口哨时，乔凡尼才在街角的拐弯处停下来，回头看了看他们。正巧这时查内力也转头看向这边。康帕瑞拉也跟着同学们一起吹着响亮的口哨，昂首走向前方隐约可见的大桥。就在这一刻，一股莫名的孤寂涌上乔凡尼心头，他不由得狂奔起来。路边一群年龄更小的孩子正在路旁快活地蹦跳着，看到乔凡尼奔跑的样子很好玩，便不由得捧腹大笑。

没过多久，乔凡尼就跑到了黑色小山丘上面。

五、气象轮柱

牧场的后面是一片坡势并不太陡的山丘。山顶黑漆漆的，很平整，天空在北方大熊星的映衬下，显得更加矮了，好像伸手可触。

在被露珠浸湿的森林小道上，乔凡尼快速爬上山丘。小道被一片漆黑的野草和各种形状的灌木丛所掩映，就像一条沐浴在星光下的白线。草丛里的萤火虫发出微弱的光芒，部分草叶被映成了透明的葱绿色。乔凡尼心想，这些草叶还真的有点像同学们手中提的王瓜灯笼呢。

从满是松树和橡树的黪黑森林穿过，眼前瞬间开阔了，天空无限遥远。乔凡尼望着天空，白茫茫的银河贯穿南北，可以清楚地看到山顶上的气象轮柱。四周钟花和野菊花争相开放，散发出醉人的芳香。一只小鸟啾啾地唱着歌，从山丘掠过。

乔凡尼来到山顶的气象轮柱下，满头是汗地在湿冷的草地上躺下来。

小镇的灯火成为暗夜的点缀，就像海底的龙宫一样，非常动人。风带来孩子们的歌唱声、口哨声、模模糊糊的喊叫声。风在远方低吟浅唱，山丘上的野草在风的吹拂下跳起优美的舞蹈。乔凡尼的衬衫早就湿透了，变得又冷又硬。

乔凡尼望向山下，黑色的原野从小镇尽头延伸至远方，似乎没有尽头。

从原野传来火车的声音。远方的火车看起来很小，乔凡尼想象着，许多旅客正坐在一个个红色的车窗里，有的在削苹果皮，有的正开心地谈笑，每个人都做着自己的事情……他觉得心头再度涌起一股难以名状的悲伤，便赶忙抬头看向天空。

啊，据说天上那条白色的光带里面有很多星星。

可是，无论他再怎么仔细看，总觉得那条星带和老师上课说的不一样，并不是那么空虚、冷漠。他反倒觉得越是仔细看，就越是觉得天上像有一片小森林或者有一片牧场一样的旷野。之后，乔凡尼又看到了蓝色织女星，星星眼闪烁个不停，并且时不时地伸缩着双脚，越伸越长，逐渐变成草菇的样子。看着看着，即便是山脚下的小镇也让他疑惑丛生：那究竟是朦胧的星云呢，还是一团抓不着的烟雾？

六、银河车站

这时，在乔凡尼看来，位于他后方的气象轮柱逐渐演变成一座三角路标，像萤火虫一样闪烁个不停，忽明忽暗。三角路标的轮廓愈加清晰，就像才冶炼出的钢板一样，在铁青色夜空下的原野中高高耸立。

不知道是从远方哪里传来的神秘之声："银河车站，银河车站！"乔凡尼的眼前忽然变得非常亮堂，就像有数不清的萤鱿[①]的光亮汇聚在一起，瞬间变作化石，装饰着天空，又像被钻石商人藏起来的无价珠宝，突然被人撒在天空中一样。乔凡尼被晃得直揉双眼。

等他回过神来，发现自己竟然已经到了之前看到的那列轰隆作响的小火车上，正盯着窗外看得出神。这是一列橘色灯光闪烁的夜行列车，"咣当咣当"地向前行驶。车厢里的座位都用蓝色天鹅绒包裹起来，几乎没什么人，只有对面漆着灰色涂料的墙上有两个闪闪发光的黄铜挂衣钩。

---

① 出产于日本富士山湾的小墨斗鱼，身体表面如果受到刺激，会像萤火虫一样发出蓝白色的光。——译者注

乔凡尼突然发现自己前面坐着一个身材颀长的男孩，身穿被淋湿的黑色上衣，正看向窗外。乔凡尼一直看着男孩的肩膀，觉得这个背影好熟悉，便想知道那男孩到底是谁。当他想从座位上看出去时，男孩却突然把脑袋缩了进来，转头看向乔凡尼，竟然是康帕瑞拉。

　　乔凡尼正准备问："你很久以前就上车了吗？"康帕瑞拉却先他一步说道："遗憾的是，尽管大家奋力奔跑，还是没能赶上这趟列车。跑在最前面的是查内力，可依然没有追上。"

　　乔凡尼心想，我们可是约好要一起出来玩的，于是问道："那要不要等一等他们？"

　　康帕瑞拉答道："那倒不用了，查内力已经被他爸爸接回家了。"

　　康帕瑞拉说完，脸色不太好看，似乎身体有恙。乔凡尼也像丢了东西一样，一种奇怪的感觉涌上心头，便一个字也没说。

　　过了一会儿，康帕瑞拉看了一眼窗外的景色，顿时又精神抖擞起来，兴奋地说：

　　"啊，完了，我忘记带水壶了，也忘记带写生本了。可是没事，前方就是天鹅站。我非常喜欢天鹅，哪怕它们飞到很远的河边，我也一定要一睹它们的风采。"

　　他边说边在一块圆盘地图上面查找着。地图中有一条铁道线，顺着苍茫的银河左岸延伸至正南方。从地图看上去很是神奇，盘面像暗夜一样黑，上面分布着蓝色、橙色、绿色的点点亮光，车站、三角路标、泉水、森林的位置都被标注在上面，就像夜空中镶嵌的宝石一样，非常好看。

　　乔凡尼觉得这地图好眼熟，自己好像在哪见过，却忘了具体在什么地方。

"这张地图你是在哪里买到的？是黑曜石做的吗？"乔凡尼问道。

"这是我找银河车站的工作人员要的，你没有吗？"

"哦？刚刚经过的那个车站就是银河车站呀？那我们现在在这里，对不对？"乔凡尼指着地图上标有"天鹅"两字的一处车站的北面，问道。

"对啊，快看，那河岸上的光亮是月光吗？"

乔凡尼扭头看向河岸，只见雪亮白光闪烁的银河岸边，到处都是银色的天之芒草，轻风拂过，荡起层层涟漪。

"不是月光，那是银河！"乔凡尼高兴地跳了起来。他用脚跟轻轻敲着地板，看向窗外，吹起悦耳的《星星圆舞曲》的口哨，同时努力把身子探向外边，想把银河水看得更清楚。岸边一开始是模模糊糊的，根本看不清银河水，可是仔细看过一阵以后，会发现那清澈的河水变得更加晶莹透亮起来，甚至超过玻璃、氢气。某些时候，可能是因为肉眼的关系，银河水甚至会幻化出浅紫色的涟漪，就像彩虹一样散发出动人的光环，在银河中安静地流淌。

磷光闪闪的三角路标在原野上随处可见，一眼望过去，远处的要小得多，近处的则要大得多。远处的三角路标显现出鲜亮的橙色或黄色，近处的则散发出隐约的青白色亮光。路标有着各种各样的形状，有三角形、四方形，还有闪电形和锁链形，在原野上高高耸立，给原野也带去了光彩。乔凡尼兴奋极了，不停地摇晃着脑袋，想让自己摆脱这美景的束缚。原野上青色、橙色及其他各种颜色的光彩夺目的路标，似乎同呼吸、共命运一样，都开始颤动。

"我肯定来到了天空的原野。"乔凡尼兴奋地说。

"这列火车的动力来源应该不是煤吧?"乔凡尼将左手伸出去,看着前方诱人的景致,说道。

"应该是用酒精或者电力吧。"康帕瑞拉答道。

"咣当咣当",这列动人的小火车从天之芒草的波浪、银河的流水、三角路标的银白微光中穿过,飞速向前跑。

来到这如梦似幻的美景中,乔凡尼渐渐把平常的约束都抛到了一边。

"看,龙胆花开了,秋天到了。"康帕瑞拉指着窗外小声说道。

铁轨两旁的低矮草丛中,美丽的紫色龙胆花随处可见,似乎是用月长石^①雕刻成的。

"好美呀,我想下去摘一朵,可以吗?"乔凡尼兴奋地叫着,非常想尝试一下。

"不可以,火车开得太快了,你根本来不及。"

康帕瑞拉的话还没说完,又有一处紫光闪耀的龙胆花从眼前快速掠过。

紧接着,另一丛黄蕊的龙胆花如雨后春笋般持续冒出,又急速掠过他们眼前。

一排排闪烁着动人光辉的三角路标昂首挺立,看起来就像被一团雾气所笼罩,显得很是迷离。

---

① 具有"月光效应"的一种宝石。——译者注

七、北十字星与葡力奥辛海岸 [①]

"希望妈妈不要再怪我。"

康帕瑞拉突然一脸沮丧,小声说道。

乔凡尼心中默想:"是啊,我的妈妈也肯定在遥远的、小小的橙色三角路标那里,挂念着我呢!"

可是他只是在心里这样想,并没有说出来。

"只要能让妈妈过得幸福,做任何事情我都心甘情愿。可是,对于妈妈来说,真正的幸福究竟是什么呢?"康帕瑞拉拼命把自己的眼泪控制住。

"你母亲并未遭受任何不好的事情啊!"乔凡尼一脸惊讶。

"尽管我不知道该怎么做,可是有一点我可以肯定,不管是谁,只要真的去做好事,就肯定会被幸福所包围。因此,妈妈一定不会怪我的。"康帕瑞拉看上去好像已经想好了。

这时,车厢里突然有了光亮。乔凡尼看向光的所在处,原来一座被银光笼罩的小岛出现在缀满钻石、露珠等所有漂亮装饰的银河河道的正中央、安静流淌的水面上,一个光芒四射、庄严的白色十字架昂首挺立在小岛平坦的最高处。十字架仿佛是用结了冰的北极冻云所铸成,圣洁的金色光辉不停闪烁,似乎已经安静地矗立了千万年之久,而且永远都不会倒。

"哈利路亚,哈利路亚!"一阵阵赞美歌的音浪从乔凡尼的身后传来。他回头一看,车厢内的其他乘客全部收拾好自己的仪

---

① 葡力奥辛(Pliocene),即"上新世",在地质年表中,属于新生代第三纪。

容，有的怀抱着黑色封面的《圣经》，有的数着水晶念珠，合掌看向窗外，默默祈祷。康帕瑞拉和乔凡尼也不由得起身。康帕瑞拉的脸上泛起一层红晕，就像熟透的苹果一般，特别动人。

小岛和十字架被前进的列车缓缓抛向后面。

发光的雾霭笼罩着银河的对岸，成簇的芒草不停地在微风中摇摆。银辉时而明亮时而昏暗，似乎有人在朝它吹气一样。草丛中隐隐约约可见很多龙胆花，一眼望过去就像黑夜中的磷火。

这些景象转瞬即逝，一大片天之芒草遮盖了银河与车窗之间的地面。尽管天鹅岛在芒草后面仍然出现过两次，可是却被快速抛向了远方，就像一幅很小的画，变得细不可闻，最后完全消失在了芒草沙沙作响的声音中。

乔凡尼不再看向窗外，发现不知道什么时候，后座上坐了一位身材高挑、披着黑头巾的修女，碧色的瞳眸看向下面，一脸严肃地祷告着，那样子好像非常希望能听到远方的低语声。

慢慢地，祈祷结束的乘客们都悄无声息地回到自己的座位上，乔凡尼和康帕瑞拉也在类似的神圣感的驱动下，用和平常不同的口吻，小声交谈起来：

"天鹅站快到了吗？"

"嗯，十一点准时到达。"

车窗外闪过绿色的信号灯和不太清楚的灯柱，窗下还掠过像硫黄火焰一样的扳道器的黄光。列车的速度慢慢降下来，驶入天鹅站的月台，一排排整齐的灯光出现在月台上，光晕发散开来，越来越大。终于，列车停了下来，乔凡尼和康帕瑞拉座位旁的车窗正好和天鹅站的大时钟相对。

秋天的夜晚很是凉爽，大时钟上铁青色的两根指针正好指向十一点整。乘客们纷纷下车，车厢里顿时变得很开阔。

一行字出现在大时钟上：在此站停车二十分钟。

"要不然，我们也下车看看去？"乔凡尼提议道。

"好吧。"

于是两人一起快步从车门下去，跑到检票口处。

可是检票口空无一人，只亮着一盏紫色的灯。他们看了看周围，也没看到站长和行李搬运工。

他们又来到车站前的小广场，广场周围全是银杏树，就像水晶工艺品一样。从小广场到银河的白光中，有一条开阔的马路。

之前下车的那些乘客，现在却一个人也见不到了。乔凡尼和康帕瑞拉肩并肩走在白色的马路上，两人的影子就像四面都是玻璃窗的屋子中的两根柱影，又像车轮的辐条，延伸至各个方向。没过一会儿，他们就来到了之前在列车上看到的那片景色诱人的河滩。

康帕瑞拉抓了一把晶莹剔透的沙子，把手掌摊开，用手指揉搓着。

"看，这些沙子和水晶是多么像啊！每一粒中都燃烧着火焰。"他就像在说梦话一样。

"是很像。"乔凡尼随口答道，心想他怎么会有这样的想法呢？

岸边的小石子晶莹剔透，确实和水晶、黄玉或者雕着细微褶皱的宝石很像，有时候则和从棱角处发出云雾般光华的蓝宝石更像。乔凡尼一个箭步走到岸边，将手泡到河水里面。让人惊讶的是，尽管银河水是透明的，可是仍然可以流动。两人浸在水里的手腕慢慢呈现出浅浅的水银色，手腕荡漾所激起的微波泛着磷光，忽明忽暗，非常好看。

　　抬头看着河岸的上游，可以看到很多芒草分布在悬崖下，有一块白色岩石非常平整，向河流边延伸而去。岩石上大概有五六个人，似乎在那里挖掘或填埋着什么，他们有时候站起来，有时候又弯下腰去，手里的工具闪烁着白光。

　　"我们过去看看！"乔凡尼和康帕瑞拉同时说道，之后他们跑向白色岩石。来到入口的地方，他们看到那里立着一块路标，它是用光滑陶瓷做的，上面写着："葡力奥辛海岸。"对岸的沙洲上，处处可见铁制的细栏杆，还放着很多考究的长木椅。

　　"咦，有个奇怪的东西！"看到岩缝中有个细细长长的尖顶果实，康帕瑞拉不由得停了下来。

　　"是核桃，赶紧看，到处都是，可真多呀。看来它们不是被河水带到这儿来的，而是岩石中本来就有的。"

　　"好大呀，相比我们平常见到的核桃，这核桃最起码要大两倍，而且一点都没有腐烂，保存得非常好。"

　　"嗯，去那边看看吧，也许他们在挖什么宝贝呢！"

　　他们拿着表面并不平整的黑核桃，继续走向上游。在他们左边的沙洲上，波涛迅疾地拍打着河岸，右边的悬崖顶上，处处是芒草穗，就像是用银粉和贝壳制成的，在微风的吹拂下摇曳着动人的身姿。

　　当他们走到跟前，看见一个像学者的高个男子戴着高度近视眼镜，穿着长筒雨靴，正挥笔在本子上做着记录，有时还会挥舞着鹤嘴镐、铁铲，小心翼翼地挖掘着，同时还非常专业地指挥着三名看上去像助手的人。

"那个向上凸起的地方要小心一点，不要弄坏了。用铁铲，铁铲！离远一点再挖。错了，错了，怎么这么笨呀？"

再往前走几步，这回他们看清楚了，有一具被压扁的巨兽的森森白骨横躺在雪白柔软的岩石下面。这时，他们已经挖了大半出来。仔细一瞧，便可见周围有十几块被切割成正方形的岩石，上面都留有两个脚印，还有编号。

"你们是到这儿来参观的吗？"那位像学者一样的男子扶了扶眼镜，问这两人。

"看到那些核桃了吗？我大致估算了一下，这些核桃存在有一百二十万年了，可这还是算挺新的。在一百二十万年前，这个地方处于地质时代新生代第三纪，之前是一片汪洋大海，底下还有很多贝壳化石等着我们去发现呢。现在河水安静流淌的这一块，过去也是海水喧嚣之地，而这具野兽的骨架，来自一种叫'伯斯牛'的动物。喂，喂！那边不能用镐，只能用凿子慢慢凿。'伯斯牛'也许是现代牛的始祖，远古的时候这种野兽有很多。"

"您挖掘它，是准备用来做标本吗？"

"不，是拿来做考据。我们研究发现，这一带的地层不仅很深而且很厚，尽管有不少证据表明它大概形成一百二十万年前，可是还是有很多人对它的价值没有真正理解，觉得它只是风，是水，或者只是开阔的天空，因此我们还需要找其他方面的证据，研究它曾经是怎样的地层。我说的话你们能听懂吗？可是……喂，我都跟你说过了，那也不能用铁锹，因为下面埋着肋骨，你怎么还这样啊？"

学者赶紧跑了过去。

"时间快到了，我们该走了。"康帕瑞拉望着地图，又看了看手表，说道。

"那我们走了，再见。"乔凡尼礼貌地给学者行了一个礼。

"哦，要走了？那再见！"学者说完又开始忙活了。

因为担心赶不上火车，康帕瑞拉和乔凡尼都跑得很快，可是他们并不觉得呼吸加快，膝盖也没有发热的感觉。

乔凡尼心想："要是一直都跑得这么快，环游世界都不成问题了。"

他们从河滩跑过，看到了检票口的光亮。不久，两人就坐到了火车上面，还是坐在之前的位置上，遥望着刚刚去过的方向。

八、捕鸟人

"这个位置有人坐吗？"

康帕瑞拉和乔凡尼身后响起一个声线粗哑却很亲切的成年男子的声音。

这个男子身穿咖啡色旧外衣，肩上扛着两个白色布兜裹着的行李。他一脸络腮红胡子，背有点驼。

"没有人，您请坐吧。"乔凡尼耸耸肩，回答道。男子咧开嘴笑了，把肩头的布兜放到了行李架上。

乔凡尼心头涌起一股莫名的苦楚和孤单，他无声地看着车窗正对面站台上的大时钟。前方响起汽笛声，列车徐徐前行。康帕瑞拉聚精会神地看着车厢厢顶，灯泡上有一只黑色的独角仙，反射到厢顶上的阴影又大又长。红胡子男人微笑着看着乔凡尼和康帕瑞拉，就像他们是久未见面的老朋友一样。列车开得越来越快了，车窗前闪过发光的芒草和河流。

红胡子小心翼翼地问两人：

"你们这是要去哪儿？"

"无处不去。"乔凡尼也同样小心翼翼地回答道。

"那可真好！其实这趟列车就是无处不去。"

"你呢，你要去哪儿？"康帕瑞拉忽然向他发出质问。乔凡尼有些错愕，可还是笑了。在对面座位坐着的一个头戴高帽、腰间挂着一串钥匙的男人看了一眼这边，也笑了。康帕瑞拉脸红了，也不由得笑了。红胡子男人却没有生他的气，只是抽动了几下脸部，之后答道：

"在前面车站，我就下车了，我是做捕鸟生意的。"

"捕什么鸟呢？"

"鹤、大雁，有时也捕白鹭、天鹅。"

"鹤？多吗？"

"很多啊。鹤鸣声从来没有断过，你没有听到吗？"

"没有。"

"现在都还可以听到，你们好好听听。"

康帕瑞拉和乔凡尼认真聆听起来，果然听到一阵像泉水往外喷涌的声音，和列车"咣当咣当"声、清风从芒草中拂过的沙沙声一起传来。

"你是怎么捕鸟的呢？"

"你是指鹤还是白鹭？具体点。"

"先说白鹭吧。"乔凡尼心想哪个都行，就随便说了一个。

"那挺简单的。事实上，白鹭就是由银河里的白沙聚集到一起形成的，所以它们时不时会飞回银河。只需要埋伏在河滩旁，等白鹭飞回来，双脚刚一和地面接触，就一下子扑上去，把它按在地上就可以了。白鹭会马上缩成一团，全身变得冷硬，很快就没有呼吸了，之后风干就可以了。"

"风干？是用来做标本吗？"

"标本？不都是吃了吗？"

"奇怪。"康帕瑞拉托着脑袋说。

"一点都不奇怪啊，你们看。"红胡子站起来，从行李架上把包裹拿下来，麻利地把封口的绳子解开。

"你们看，这些都是前段时间才捕到的。"

"啊，真的是白鹭！"康帕瑞拉和乔凡尼不约而同地叫道。

风干以后的白鹭就像之前看到的那座十字架一样，身体被铺展开，又黑又长的细腿蜷在一起，就像浮雕一样并排躺在包裹中。

"它们的眼睛都闭上了？"康帕瑞拉用手指轻轻抚摸着白鹭那闭得紧紧的眼睛。白鹭头上像长矛一样的白色冠毛没有受到任何损伤。

"对吧？"捕鸟人又层层包好包裹，把封口绳系好。

"吃白鹭肉的都是些什么人呢？"乔凡尼不清楚，于是问道，"白鹭肉好吃吗？"

"很好吃，从来都不缺少顾客。可是相比白鹭，大雁更好卖。因为大雁吃起来味道更好，而且方便。看……"捕鸟人把另一个包裹解开，里面有黄灰色青白斑的、光泽尽显的大雁，就如同之前的白鹭那样。风干以后，鸟喙闭得紧紧的，并排扁平地躺在一起。

"大雁马上就可以食用，二位要不要品尝一下？"捕鸟人把微黄的雁脚掰下来，就像把巧克力掰下来一样。

"品尝一下吧，要不然试试。"捕鸟人将雁脚撕成两块，给康帕瑞拉和乔凡尼各分了一块。乔凡尼刚咬一口，不由得想道："真是太神奇了，这竟然是甜的，而且比巧克力还甜。可是甜品大雁为什么会在天上飞呢？这人也许就是附近糖果铺的老板。刚刚我竟然还没有瞧得上他，如今又在品尝他的甜点，真的有些内疚。"尽管心里觉得愧疚，可是他依然有滋有味地品尝着雁脚。

"还要不要再来一点？"捕鸟人又要把包裹解开。

尽管乔凡尼还想吃，却依然礼貌地婉拒道："不用了，谢谢。"

捕鸟人又把大雁拿给坐在对面的那个腰上挂着一串钥匙的男人品尝。那男人礼貌地把帽子摘下来说："您这是用来卖的，我怎么好意思吃呢？"

"没事的，您看今年候鸟来势如何？"

"哎，那可太多了。前天晚上正好我值岗，一连接到了多个投诉电话，都说灯塔的灯怎么能不按规定关掉。唉，那可真是个误会，灯压根就没关，而是飞过来太多候鸟，以致挡住了灯塔的光。因此并不是我错了，指责我也没用啊！可是他们就是要把所有牢骚都发泄到我的身上，我也没办法，所以我就跟他说，你们去找那些身披宽斗篷、双脚和嘴都又尖又长的家伙吧。哈哈……"

芒草丛不见了，因为没有了遮挡，从对面的原野上直射过来一道强光。

"白鹭为什么不能马上食用？"康帕瑞拉刚刚就想问这个问题了。

"因为假如要吃鹭肉，"捕鸟人回过头来，面对康帕瑞拉说，"就一定得先把白鹭挂在银河水光处，这个过程要十多天，或者在沙中埋个三四天，等白鹭身上的水银都挥发了，人才能安全食用。"

"啊，这应该不是真的鸟类，而只是普通的甜品吧？"康帕瑞拉的想法和乔凡尼如出一辙，因为觉得疑惑，所以才开口问道。

捕鸟人的神色顿时变得非常紧张，赶忙说道："很对不起，我要下车了。"说着，他把包裹取下来，瞬间便消失得无影无踪。

"咦，他怎么走得这么匆忙？"康帕瑞拉和乔凡尼你望我，我望你，都觉得很疑惑。那个灯塔看守却笑着伸了个懒腰，看向二人座位旁的车窗外。沿着他的目光，两人看到刚刚还在位置上坐着的捕鸟人，此刻已经到了河岸边的草地上，那里有散发着黄色和蓝白色磷光的羊耳朵草。他的双臂举得高高的，一脸紧张地看着天空。

"看，他竟然在那里！真是难以置信！看他那样子，应该又在捕鸟吧？列车开动前，希望可以看到鸟儿。"他的话还没有说完，一大群和之前见过的白鹭一样的鸟儿就叫着从蓝色天幕中飞来，像雪花一样飘落。

捕鸟人像已经得到过预言一样，兴奋地张开双脚，双手持续不断地把降落的白鹭慢慢收缩的黑脚抓住，装到布兜里面。布兜里的白鹭像萤火虫一样，微光闪闪，之后黯淡下去，直到后来变成死灰色，闭上了双眼。更多白鹭没有被捕到，都平安降落到银河河滩上。仔细观察后，会发现鸟爪才一落地，整个身躯就像融雪一样开始收缩，变得扁平，瞬间便像熔炉中流出的铜浆一样，沙滩上、石子上、处处都是鸟的身形。明灭两三次以后，鸟形便没有了，和沙滩交融在一起。

捕鸟人的布兜中已经有了二十多只白鹭，他忽然把双手举起来，做出临死前的样子，之后便消失了。

这时，熟悉的话语突然在乔凡尼身边响起："啊，真是太好了！竟然捕到了加起来有我身子那么大的白鹭，还可以顺道赚点钱，真是太令人兴奋了！"

乔凡尼回头一看，捕鸟人竟然已经回到了列车上，正一只只平整地收拾好刚刚捕到的白鹭。

"真是太奇怪了，你怎么来去这么快呢？"乔凡尼一脸疑惑地问道，他觉得他很有理由提出这个问题。

"这一点都不奇怪，来去随心而已。倒是你们，到底是从哪里来的？"

乔凡尼顿时不知道说什么好了。是啊，自己到底是如何来到这里的呢？不管怎样他都想不起来了。康帕瑞拉的脸也涨得通红，陷入沉思中。

"啊，我知道了，你们肯定来自很远的远方。"捕鸟人像明白了什么似的说道。

九、乔凡尼的车票

"到天鹅区的终点了。看，著名的阿鲁比雷欧观测所就在那里。"

窗外，在像烟花一样绚烂的银河中央，矗立着四栋黑色的巍峨楼宇。其中一栋楼宇的天台平顶上，矗立着两个用蓝宝石和黄玉制成的晶莹剔透的大圆球，闪烁着动人的光芒，慢慢转动着。黄玉圆球慢慢向另一面转过去，而小一点的蓝宝石圆球则缓缓向这一面转过来，当两端的边缘相重合时，一面精致的翠绿色双面凸透镜便形成了。须臾工夫，凸透镜的中间开始膨胀，蓝宝石圆球最后转到了黄玉圆球的正面，形成一个明亮的光环，中间是绿色，边缘是黄色。之后两个圆球又慢慢转至两边，重新变成之前那个凸透镜。接下来又逆向分开，蓝宝石圆球向另一面转去，黄玉圆球则慢慢向这一面转过来，成为一开始的样子。矗立在黑暗中的观测所，周围是安静流淌的银河水，就像一位睡着的老人，安静地在那里躺着。

"那个仪器是用来对水流速度进行测量的，也可以测量河水的……"捕鸟人的话还没有说完，身边就响起声音："检票，请大家把车票都拿出来。"

不知道什么时候，三人的座位旁已站了一位头戴红帽、个子比较高的列车乘务员。捕鸟人一个字也没说，从衣兜里拿了一张小纸片出来，乘务员只是大概看了一眼，就转向乔凡尼和康帕瑞拉这边，似乎在说："你们的票呢？"

"这下完了！"乔凡尼有点不知如何是好，正想着该怎么办时，康帕瑞拉却镇定地把一张灰白的小车票掏出来递给乘务员。这下子，乔凡尼更慌了，赶紧把手伸出上衣口袋里掏，边掏边自我宽慰道："也许车票就在兜里呢！"突然间，他惊诧地发现，他的手在衣袋里触摸到一张叠得整整齐齐的硬纸片。"这是什么？为什么它会在这里？"尽管他心里有一百个问号，可是见乘务员好像已经等得不耐烦了，便赶紧掏出来，仔细一看，是一张折成四分之一，和明信片差不多大的绿纸片。

乔凡尼迟疑地把绿纸片递过去。谁知道乘务员一看，马上变得肃穆起来，把衣襟、纽扣都整理好，认真翻看起绿纸片来。那个灯塔看守也凑过来，一脸好奇地看着。乔凡尼心想绿纸片可能是某种证明书，不由得有些兴奋。

　　"这是您从三次元空间带来的吗？"乘务员问。

　　"我也不知道。"乔凡尼深知检票这关已经过了，便抬头笑着说。

　　"那好吧。下一个三次元空间是南十字星车站，不久就要到了。"乘务员把绿纸片还给乔凡尼，又去其他地方检票了。

　　康帕瑞拉一把把绿纸片拿过去，仔细研究起来。乔凡尼自己也很疑惑，想弄个清楚。可是纸面上印着诸多黑色藤蔓的花纹图案，还有十个奇怪的字，让人丈二和尚摸不着头脑，而且盯着看的时间太长的话，就会产生一种幻觉，似乎人都要被吸进去一样。

　　一旁的捕鸟人突然惊讶地叫道："啊，真是了不得，这张通行证可以把持有者带到真正的天堂去呢！不只是到天堂，即便是到全宇宙的任何地方都没有问题。这也就很好地解释了在这不完全幻想的四次元银河铁道上，你们竟然可以来去自如！真是不得了，看来你们也不是寻常人！"

　　"这……这究竟是怎么回事，我完全是一脸懵！根本不知道怎么回事。"乔凡尼的脸涨得通红，把绿纸片重新放回口袋里。因为不知道说什么好，他和康帕瑞拉都不约而同地看着窗外。可是捕鸟人却依然时不时向他们投来羡慕的目光。

　　"天鹰车站很快就要到了。"康帕瑞拉比对着地图和对岸三个并排的银色小三角标说道。

不知道为什么，乔凡尼突然对坐在自己身旁的捕鸟人充满同情。捕鸟人捕到白鹭以后兴奋的模样、他把白鹭装到布兜中的场景，以及他看到绿色通行证以后的艳羡之情……都一一出现在他的眼前。想到这一幕幕，乔凡尼觉得他们尽管是第一次见面，可是他却愿意把自己身上所有的东西都送给他，帮他排解烦恼。只要可以让捕鸟人获得真正的幸福，他甚至愿意代替他站在闪闪发光的银河河滩上捕捉白鹭，哪怕要站很久。

　　可是，乔凡尼也不知道人真正的幸福究竟是什么。对于现在的他来说，妈妈的身体可以恢复健康，爸爸可以平安回来就是幸福。或者，他不再受到同学们的嘲讽，就是一种幸福。直至如今他都不清楚，自己为什么会遭到同学们的嫌弃，是家庭贫困，还是其他原因？唉，真是莫名其妙，也许可以问问捕鸟人的意见。他转过头，却又担心这样做太鲁莽了。当他正迟疑的时候，捕鸟人已经不在座位上了，他放在行李架上的布兜也随之消失了。难道他又跑到窗外去捕捉白鹭了？乔凡尼赶紧望向车窗外，可是只看到处处散发着银光的沙砾以及随风轻拂的芒草波浪，并没有看到捕鸟人宽阔的背影和尖顶帽。

　　"那个捕鸟人怎么又消失了？"康帕瑞拉显得有些不知所措。

　　"是啊，他究竟去哪儿了？我们还会再见到他吗？我还想和他聊聊呢！"

　　"我也是。"

　　"一开始我还觉得那人挺讨厌的，可是现在分开了，心里很不舒服。"乔凡尼生平第一次有这么奇怪的感情，以前的他可不会这样。

　　"你闻到了吗？好像有一阵苹果的香气。难道是因为我在想苹果吗？"康帕瑞拉一脸惊奇地打量着四周。

"嗯，是有苹果的香气，还有野玫瑰的香气。"

乔凡尼打量着周围，觉得这股香味应该是从车窗外飘进来的。他觉得很奇怪：已经到秋天了，怎么还会有野玫瑰呢？

就在这里，车厢里突然出现了一个六岁左右的黑发男孩。他身穿一件连纽扣都没系的红外套，一脸惊讶的表情，哆哆嗦嗦地光脚站立着。男孩的旁边是一位个子很高的青年，身穿黑色西装，把男孩的手紧紧牵住，就如同遭到寒风侵袭依然岿然不动的山毛榉树，很是顽强。

"这是什么地方啊？真是太美了！"高个儿青年的身后，还站着一个身穿黑上衣的漂亮小女孩，年纪在十二岁左右，眼眸是褐色的。她挽着青年的胳膊，一脸惊讶地看着窗外。

"这里是兰开夏①？哦，不是，是康涅狄格州②？呃，也不是，我们现在是在天上，正准备去天堂。看，那个标志就是天堂的象征。我们再也不需要害怕了，神在召唤我们。"身穿黑西装的青年兴奋地告诉小女孩。可是他之后又眉头紧锁，看上去很是疲惫。他勉强振作起来，装出一副高兴的样子，让黑发男孩坐在乔凡尼旁边的位置上，之后又亲切地示意小女孩坐在康帕瑞拉的旁边。小女孩很乖巧地坐在位置上，优雅地把双手合起来。

"我想去菊代姐姐那里。"小男孩刚坐下来，就对着正准备坐在灯塔看守旁的青年叫道。青年的脸色霎时变了，变得无比忧伤，直勾勾地盯着小男孩卷曲的黑发看。小女孩忽然用双手挡住脸，小声哭泣起来。

---

① 英格兰西北部的郡，西边靠近爱尔兰海。——译者注
② 美国东北部新英格兰地区的一个州。——译者注

"爸爸和菊代姐姐要处理一些事情，可是不久他们就会过来和我们会合的。更何况妈妈一直在等我们，她肯定在想：'我的小宝贝正志现在唱着哪几首歌呢？下雪的早上，他是不是和朋友们一起在院中的大树下玩耍呢？'妈妈真的很想念我，一直在等我，因此我们要快点赶去见她。"

"嗯，可是，假如我没有上那条船就好了。"

"没错。可是，看看这美丽的天空、恢宏的银河吧！那年夏天，当我们在临睡前唱《闪闪的星星》时，从窗口看星空时所看到的苍茫的银河，此刻就在那里。看，处处是闪耀的光辉，真是太美了！"

正掩面痛哭的姐姐把手绢掏出来，拭去泪水，呆呆地看着窗外的银河。

青年又小声劝慰道："我们现在没有任何烦心事了。等我们结束这段美妙的旅程，神就会把我们接走。那里晴空高照，处处是花香，人们也很亲切。我们把救生艇让给了其他人，他们都会得救，会回到焦急地等待他们回来的父母亲那里，或者回到温暖的家中。看，马上就到了，让我们打起精神来，唱着愉快的歌前往吧！"青年一边抚慰一边抚弄着男孩湿漉漉的头发，他自己也没有之前那么阴郁了。

"你们来自哪里？发生了什么事？"灯塔看守好像听出了点眉目，问那青年。

青年笑着说：

"我们所乘坐的船和冰山相撞了，整艘船都沉没了。这两个孩子的父亲因为有要事，已经提前两月回国，而我们晚一点才出发。我是个大学生，同时也是他们的家庭教师。上船后的第十二天，大概就是今天或昨天，轮船突然撞上了冰山，之后船身快速倾斜，开始缓缓往下沉。这时尽管海面上还有隐约的月光，可是海上雾太大了，很难看清物体。轮船左舷的救生艇一半被淹没在水中，假如所有人都跳到剩下的救生艇上，肯定无一幸存。于是我拼命叫道：'先救这两个孩子。'附近的人群都表示认同，让开一条上救生艇的路，而且都开始为他俩祈祷。可是从轮船到救生艇的路上，有更多年龄比他们还小的孩子和他们的家长，我没有勇气推开他们。可是我想到这两个孩子的父亲委托我照顾他们，我一定要全力拯救他们时，还是一狠心，推开了那些挡在他们前面的更小的孩子。可是我又想到，如果要用这种残忍的方式让他们得救，还不如让他们得到神的救赎，这才是他们真正幸福的归宿！可是那一刻我又迟疑了，这样做对不对？算了，还是让我一个人来承担违背神的罪名吧，先救这两个孩子。

　　"可是眼前的场景，我知道即便我再努力也没办法让这姐弟俩获救了。救生艇上全是孩子，父母们都先救了孩子们。母亲们难过地亲吻孩子，父亲们则克制住伤心，呆立在一旁。无论谁见了那场面都会觉得难过。轮船持续下沉，我和姐弟俩紧紧抱在一起，做了最坏的打算。我决定死死抱住他们，能坚持多久算多久，直到轮船全部沉下去。后来不知道是谁给我抛了个救生圈，可是我一下子没抓住。我用尽全身力气，把甲板上的一段木板拆了下来，和那两个孩子拼命抱着它。这时 306 号赞美歌的歌声响起，大家用不同的语言开始合唱。接下来就是一声巨响，我们都掉到了海里。我觉得也许会被卷到漩涡里面，于是更加用力地把姐弟俩抱在怀里。就在我的意识开始涣散时，我们来到了这趟列车上。前年，两个孩子的母亲就去世了。可是救生艇上的人一定会得救的，因为操桨的人都是经验十足的水手。轮船沉没的那一瞬间，他们划着救生艇迅速和轮船分开了。"

轻轻的叹息声和祈祷声顿时从周围传来，乔凡尼和康帕瑞拉隐约想到一些散落在记忆中的事，眼眶里也不由得蓄满了泪水。

"啊，那个海域是太平洋吧？那海面的极北处有很多冰山，人们冒着寒风，坐着小船，和冰冷的海水及严寒抗争，用尽全力。这样的人真是太令人同情了，我要做点什么，才能让他们获得真正的幸福呢？"

乔凡尼陷入了思考。

"到底什么才是真正的幸福，世界上根本没有人知道。可是只要一直坚持走正确的道路，无论中途遇到多少艰难困苦，要登高也好，要下坡也好，都可以离幸福更近。"灯塔看守安慰他说。

"嗯，为了到达真正幸福的终点，不管中途要经历什么样的苦难，都是神的安排。"青年虔诚地回答。

疲惫的姐弟俩靠在各自的椅背上睡着了。小男孩原本是赤着脚的，不知道什么时候穿上了一双柔软的白色小皮鞋。

列车哐当哐当地前行在磷光闪闪的河岸边，车窗外的原野，就像在播放幻灯片一样。原野上伫立着无数个大小不一的三角路标，较大的三角路标还带着测量旗，红点闪烁。广阔的原野笼罩着层层白雾。从那边，还是从更遥远的地方，轻烟袅袅升起，微风夹带着玫瑰的芳香，沁人心脾。

"看，这样的苹果还是第一次见吧？"坐在对面位置上的灯塔看守把散发着金色和红色光泽的大苹果异常谨慎地捧在手里，小心翼翼地放到双膝上，生怕它掉到地上。

"啊，这是从哪儿来的？真是太好看了！这是这里的土特产吗？"青年一脸兴奋地问道。他的眼睛都笑得眯成了一条缝，专心致志地欣赏着灯塔看守手中的苹果。

"你挑一个吧，不要客气！"

青年便毫不客气地拿了一个苹果过来，又回过头看了看乔凡尼和康帕瑞拉。

"那边的两个小鬼，你们也挑一个吧！"

听到他叫自己"小鬼"，乔凡尼顿时有点生气，于是便沉默下来。康帕瑞拉答道："谢谢！"

于是青年给他们两人一人拿了一个苹果。乔凡尼不想表现得很没有礼貌，便起身向他表示感谢。

灯塔看守两手不用再异常谨慎地把苹果捧在手里，便将剩下的两个苹果放到已经进入梦乡的姐弟俩的膝盖上。他的动作很轻柔，生怕把两个孩子吵醒。

"很感谢。这样漂亮的苹果，是哪里来的？"青年看着苹果问。

"这里也有农业，也有很多人干农活。只是这里的农产品基本上是自然生长的，自己结果，因此农民们并不需要花费什么心思，只要把自己想要的水果、蔬菜的种子种下去，到时候就可以收获了。这里的稻米完全不同于太平洋地区的，一是没有稻壳；二是相比一般的米，这里的米粒要大得多；三是米香更浓。只是你们要去的地界，已经不需要农业种植。无论什么东西，苹果也好，点心也好，吃完以后都化作一缕清香，从毛孔散出去，就都消失了，而且每个人还有不同的香气。"

忽然，那个小男孩睁开眼睛说道："刚刚我在梦里看到妈妈了。她站在一个有很多书的地方，微笑着张开双臂要和我拥抱。我兴奋地对她说：'妈妈，我帮您摘苹果。'接下来就醒了。我还在之前登上的那列火车上吗？"

"你的苹果是这位伯伯送你的。"青年说道。

"啊，伯伯，谢谢你。阿薰姐姐还在睡吗？我把她叫醒吧！姐姐，醒醒，姐姐，醒醒，看，有人送苹果给我们吃呢！"

阿薰甜笑着醒来。阳光直射过来，她觉得太刺眼了，便一边用手遮挡着光线，一边盯着苹果看。

这时小男孩像吃苹果蛋糕一样，大口吃起苹果来。被他啃下的苹果皮成卷曲状，一直落到地上。在触地的那一瞬间，苹果皮的光泽变成灰白的光，眨眼就消失了。

乔凡尼和康帕瑞拉则把苹果庄重地放到衣袋里面。

一片葱翠的森林位于银河下游的对岸，树上结满了圆形的红光闪闪的果实，一个高大的三角路标耸立在森林的中间。从森林深处飘来一阵阵悦耳的乐声。乐曲由管弦乐和木琴乐交织而成，特别动听。

可是，听到这乐声，青年不由得颤抖起来。

他侧耳聆听，乐声就像碧绿的田野，又像碧色的地毯，持续向前延伸着。音调变了以后，又如同晶莹剔透的露珠，从太阳表面轻轻掠过。

"快看，那里有乌鸦！"坐在康帕瑞拉旁边的女孩阿薰大叫道。

"那是喜鹊，不是乌鸦！"康帕瑞拉更正道。看他那么严肃的样子，乔凡尼不由得笑了。

阿薰则羞愧地把头低了下去。在闪闪发光的河滩上，数不清的鸟儿在河水的波光中直立。

"没错，是喜鹊！它们的头部后方的羽毛是翘起来的。"青年言之凿凿地说。

这时森林中的三角路标，已经离车窗很近了。熟悉的旋律在列车后方响起，耳边再次传来306号赞美歌。

是合唱！青年的脸色瞬间变得很难看。他忐忑地站了起来，准备去后方，可是想了想，又回到原来的位置上坐下来。

阿薰用手绢捂着脸。

乔凡尼也觉得鼻子有点酸，一股悲伤涌上心头。不知道什么时候，车厢中有人带头唱起了赞美歌，歌声逐渐清晰、明亮，乔凡尼和康帕瑞拉也跟着大伙儿一起唱。

又过了一会儿，当列车越走越远，银河对岸葱翠的橄榄森林终于消失了。来自林中的动听的乐声，也在列车的"咣当咣当"声和"呼呼"的风声中消失了，只有一点细微的声音若有若无地传来。

"快看，有孔雀！"

"啊，没错，好多啊！那里是不是天琴座？听说那里有不少老乐手，都出自大型交响乐团。"阿薰雀跃地回应道。

乔凡尼远远看过去，只见那正越变越小、小到和绿贝壳纽扣差不多大的森林上空，青白色的亮光时隐时现。孔雀开屏时也会反射这样的光。

"刚刚我好像听到了孔雀的叫声，是不是？"康帕瑞拉问阿薰。

"嗯，听上去应该有三十多只的样子，就像竖琴乐发出来的声音，那就是孔雀的声音。"阿薰回答说。

乔凡尼的心头涌起一股莫名的难过的情绪，不由得开口说道："康帕瑞拉，我们从这儿下车去看看吧！"他一脸忧伤地说道。

就在这时，乔凡尼看到有一种黑色的细长生物出现在远处的河岸边，有时像一张弓一样从水底跃出来，有时又快速潜入水中。乔凡尼惊讶极了，仔细看近处，也出现了这种生物。这奇怪的生物的数量急剧增加，不停地从水底跃出来，又潜进去，会合后一起游向银河上游。

"啊，那是什么？弟弟，你快看，水面上那一群一群的是什么？"

小男孩正打瞌睡，听到姐姐叫他，揉了揉眼睛，看了看河面，惊讶地赶紧站了起来。

"呃，那究竟是什么呢？"青年也站起来说道。

"看上去和鱼很像，可是样子很奇怪。"

"是海豚。"康帕瑞拉笃定地说。

"是海豚啊！我还是头一次看到呢！可是海豚不是应该在大海里面吗？"

"海豚不一定都在大海中。"一个不知道哪里传来的低沉的声音回应道。

银河里的海豚和海洋中的海豚还是不一样的。它们的两片鳍像僵硬的双手，紧紧贴在身体两边，以这种姿势从河面跃出来，之后又把头深深地垂下去，一动不动地潜入水中。清澈的银河水飞溅出层层波浪，就像蓝色火焰散开的波纹。

"海豚是一种鱼吗？"阿薰问康帕瑞拉，而她的弟弟则实在是忍受不了困意，坐到座位上又睡着了。

"海豚不是一种鱼类。它和鲸鱼一样，是一种哺乳动物。"康帕瑞拉回答道。

"哇，你还见过鲸鱼？"

"见过，可是只看到了它的头部和黑色的尾部，它会喷出巨高的水柱。"

"这样说来鲸鱼很大？"

"当然，即便是幼鲸都赶上海豚的大小了。"

"啊，可能只有《一千零一夜》中才会出现如此奇怪的生物。"阿薰一边把玩着手指上精致的银戒指，一边兴奋地说。

乔凡尼有些厌烦，可依然强忍着，转脸看向车窗外。海豚已经消失了，银河在这里分岔，中间有一座黑黝黝的岛屿，岛屿中间有一座巍峨的瞭望塔。一个身穿宽松上衣、头戴红帽子的男子站在塔上，一手拿着一面红旗，一手拿着一面绿旗，看着天空，轮流挥舞着手里的红绿旗。

乔凡尼看着岛上的男子，只见他先使劲挥动着红旗，之后又快速把红旗放到身后，把绿旗举得高高的，就如同一个交响乐团的指挥，用力挥舞着。在他的指挥下，空中响起雨落声。一大片黑压压的物体飞向河对岸，就像子弹一样。乔凡尼不由得从车窗中把上半身探出去，远远地看过去，数以千计的鸟儿鸣叫着飞过桔梗色的天幕。

"天空中有鸟儿。"乔凡尼大叫道。

"我看看。"康帕瑞拉也抬头向天空看去。

那个瞭望塔上的男子突然把红旗举得高高的，用力挥动着。看到这个信号，鸟群便收翼停飞，后面也没有再飞来鸟群。同时，"砰"的一声巨响从河的下游传来，好像有什么被撞翻了，之后周围安静下来。一会儿以后，戴红帽的信号指挥者把绿旗举得高高的，用洪亮的声音叫道：

"候鸟们，现在可以飞了！"

在他的信号指挥下，数以万计的候鸟陆续从天空飞过。

从乔凡尼和康帕瑞拉之间的车窗，小女孩阿薰也把头探了出去，仰望着天空，美丽的小脸上神采奕奕。

"哇，天上有好多小鸟啊，真是太棒了，天空也好漂亮啊！"阿薰对着乔凡尼说。

可是乔凡尼觉得她有点讨人厌，于是便不再理会她，把嘴巴闭上，继续望着天空。阿薰叹息了一声，安静地回到了自己的位置上。康帕瑞拉有些同情她，便把脑袋也缩了回来，坐下来看地图。

"那人发信号是为了指引小鸟们前行，对吗？"阿薰低声问康帕瑞拉。

"没错，他发的信号也许是告诉候鸟前方有烽火。"康帕瑞拉也不太肯定自己的回答就是对的。

车厢中再次陷入了沉默。乔凡尼在迟疑着要不要把头缩回来，可是一想到车厢中这么亮，他就觉得不舒服，于是继续保持之前的姿势，同时为了不让人发现他的难堪，便自顾自吹起了口哨。

"为什么我会如此伤感呢？我的胸怀应该更宽广才对！遥远的河对岸，可以看到若有若无的青色的火光和烟雾。我一定要时刻盯着那安静而冰冷的光，平静下自己的心情。"

乔凡尼一边这样想，一边用手把发热的脑袋抱住，盯着远方看。

怎么没有人共去天涯呢？此刻，那个女孩和康帕瑞拉打成一片，他们是那么高兴，而我却如此落寞。

乔凡尼觉得自己都要流泪了。

银河越发远，最后终于消失了，远处变成了一片白色。

列车离开银河，开到了山崖上面。对岸处处是黑岩的大山退向河岸下游，变得越发高了。忽然，乔凡尼眼前划过一株高大的玉米秆，玉米叶卷成一层一层的，叶片下是碧绿的大玉米棒，此时的玉米棒已经有红穗冒了出来，颗颗玉米粒如珍珠一样晶莹。列车继续向前开着，高大的玉米秆排成一行行，越是往前，越是密集，横贯山崖和铁道间。乔凡尼把头从窗外缩回来，扭头看向对面的车窗。绵延的玉米田直直地向美丽天空下原野的尽头延伸而去，在微风的吹拂下，玉米秆摇曳着动人的身姿，阳光满满地洒在卷曲的叶面上，发出红绿光芒，煞是好看。

"那一片片的，是玉米田吧？"这么高大的玉米康帕瑞拉还是头一次见，不太敢肯定。

乔凡尼的情绪还没有好转，只是呆呆地看着原野，敷衍着说道："可能吧！"

列车的速度慢慢降下来，窗外快速闪过信号灯和扳道器指示灯，之后列车进入一个小车站。

车站正面的时钟刚好显示两点。

风停下来，车也停下来。

原野里安静无声，只有时钟的嘀嗒声，精准记录着时间。

在时钟的指针摆动的空隙，从远方的原野尽头隐隐传来悠扬的乐声。

"呀，是《新世界交响曲》^①。"坐在对面的阿薫转头聆听着乐声，喃喃自语道。

车厢中的所有乘客，黑西装青年也不例外，都沉浸在美妙的乐声中。

"这地方是多么好啊，这么幽静！我怎么就不能高兴一点呢？为什么要独自承受寂寞呢？可是康帕瑞拉也太不讲义气了，我们一起登上这趟列车，他却只顾着和那个女孩聊天，真是太伤我心了。"

乔凡尼用手撑着下巴，半边脸庞被手掌盖住，一眨不眨地盯着对面的车窗看。

玻璃汽笛发出长鸣声，列车再次徐徐开启。康帕瑞拉快活地吹起《星星圆舞曲》的口哨。

"嗯，列车已经开到陡峭的高原了。"车厢后有位才从睡梦中醒过来的老人振奋地说。

"在这样的地方，要想收获玉米，必须提前用木棍挖两尺深的坑，再播种才可以。"

"哦，这里是不是离河流很远？"

"没错，最起码有两千尺到六千尺那么远，这长度相当于险峻峡谷的深度。"

"这里……应该就是科罗拉多高原啊！"乔凡尼忽然想到。

阿薫把熟睡的弟弟的头揽过来，让他靠在自己怀里，褐色的双眸呆呆地看着远处，一副若有所思的样子。康帕瑞拉再次快活地吹起口哨。小男孩红润的脸庞像熟透的苹果一样，正对着乔

---

① 捷克作曲家安东·德沃夏克的名作，又可以译成《新大陆交响曲》。

凡尼。

玉米丛突然消失了，黑色原野延伸向无限的远方。愈加清晰的《新世界交响曲》乐声从地平线的尽头传来，一个印第安人在原野上奔跑。他头上插着一根白羽毛，手腕、前胸戴着一大串石制饰品，背着小弓，带着长箭，奋力追赶着列车。

"啊，是印第安人！姐姐，你快看，是印第安人！"

身穿黑西装的青年听到他这样说，也把眼睛睁开，乔凡尼和康帕瑞拉也从座位上起身。

"他跑得可真快啊，追上来了。那个印第安人是在追赶火车吗？"

"不，他应该是在打猎，或者是跳舞。"青年似乎忘记了自己现在在哪里，把手插到衣服口袋里，起身说道。

看起来，印第安人的确是在跳舞，因为他的姿势实在是太奇怪了，追赶火车可不需要像他这样，而且他的注意力也没有在火车上面。忽然，他头上的白羽毛一抖，疾驰的身子顿时停了下来，像木头一样定住，然后朝天空快速射了一箭。只见一只鹤从空中跌落下来，正好落到飞奔过来迎接的印第安人张开的大手中。印第安人看起来很是兴奋，笑容满面。

列车继续往前飞奔，印第安人捉着鹤，看着列车远去的身影越来越小，直到最后消失不见。电线杆的绝缘瓷瓶从窗外划过，成片的玉米田再次出现。从身边的车窗看出去，列车正在险峻的高崖上行驶，谷底流动的闪着银光的河水都可以看到。

"马上就要下坡了。从这里开始会一下子落到水面上，很是刺激。这么大倾斜的坡度，列车想要从对面开来真的是太难了。感觉到了吗？列车正在提高速度！"之前那位老人说道。

列车顺着坡道急剧往下滑，当离悬崖边越来越近时，可以清晰地看到底下明澈的河流。乔凡尼的心情变好了。列车从一所小茅屋驶过时，乔凡尼看到一个没精打采的小孩正独自一人站着，盯着列车看。乔凡尼情不自禁地"咦"了一声。

列车继续往下走，车厢中的乘客都倒向后面，牢牢地把椅背抓住。乔凡尼不由得和康帕瑞拉对视了一眼，露出欣慰的笑容。银河似乎就在列车附近，泛着层层银光，水流急速，淡红的瞿麦花成片成片地绽放在河岸上。终于，列车停止下行，开到了平缓地带，车速也随之下降。

河岸边有绘有星星和鹤嘴镐的大旗。

"那旗有什么作用？"一直没有出声的乔凡尼终于说话了。

"这个我也不知道，地图上也没有对它的用途进行标识，那边还有艘小铁船呢！"

"哦！"

"难道是在修桥吗？"阿薰突然说。

"啊，我明白了，那旗帜意味着工兵在干活。他们在架桥，可是，怎么看不到工兵呢？"

这时，河岸边离下游很近的地方，清澈的银河水突然闪过一道亮光，飞溅起高高的水柱，耳边传来"轰"的一声。

"啊，在爆破，正在爆破！"康帕瑞拉忽地站起来。等到高高飞溅起的水柱落下来以后，半空中出现庞大的鲑鱼和鳟鱼闪亮的白肚皮，之后画了个弧线落入水中。看到这样的场景，乔凡尼也很是兴奋，差点就蹦了起来。

"肯定是天上的工兵大队！哇！没想到鳟鱼还可以抛到这么高的高度。这样的旅程真是太令人兴奋了！"

"假如再靠近一点看，那些鳟鱼的个头儿肯定惊人！真是没想到，水里竟然有这么多鱼。"

"有小鱼吗？"阿薰插了一句。

"当然有，有大鱼当然也有小鱼。只是离我们太远了，我们看不见而已。"乔凡尼的心情已经完全变好了，一脸微笑地回答道。

"看，那里一定是双子星神的宫殿。"男孩指着窗外某个地方大声叫道。

右前方有一个坡度不太高的小山丘，上面有两座好像是用水晶构造的宫殿并排直立。

"双子星神的宫殿？"

"妈妈讲故事时有很多次都说到这个，说双子星神在两座并排的小水晶宫中住。前面那里一定就是的。"

"双子星神又是怎么回事？"

"这个妈妈也跟我说过。双子星神是双胞胎，他们一道去原野上玩，后来和乌鸦吵架了。姐姐，我说得对吗？"

"不对呀，那个，妈妈说是在银河岸边……"

"后来哈雷彗星尖叫着飞来。对不对？"

"没错，你弄混了，那又是一个故事了。"

"那么他们是在那边吹笛子？"

"现在已经到海里去了。"

"不对，是从海里飞到岸上去了。"

"没错，我想起来了，换我来说吧！"

银河对岸突然变得通红一片。

杨柳树及其周围都陷入了黑暗。原本安静流淌的银河上，时不时发出一丝丝的红光，细不可见。河对岸的原野上烧起红通通的火焰，滚滚浓烟似乎要吞噬高高在上的桔梗色的冰冷天空。相比红宝石，那火焰还要红艳一些，相比合金玻璃，那火焰还要闪亮一些。

"那是什么火光啊？什么东西烧起来才会有如此闪耀的火光呢？"乔凡尼问。

"那是天蝎的火光。"康帕瑞拉在地图上查找着。

"原来是天蝎的火光，我知道。"阿薰再次插话道。

"天蝎的火光是怎么回事？"乔凡尼问。

"天蝎是被烧死的，那熊熊烈焰直到现在还在燃烧。爸爸跟我说过很多遍这个故事。"

"天蝎是虫子？"

"嗯，天蝎是虫子，可是是好虫子。"

"不对，天蝎怎么可能是好虫子！我曾经在博物馆里看到过泡在酒精里的蝎子。它的尾巴上有个大钩子，老师告诉我们，假如被它蜇到了，就小命不保了。"

"这个是没错，可是这并不能说明它就不是好虫子。爸爸曾经跟我说过这样一个故事：从前，有一只小天蝎生活在巴尔多拉原野，通过捕食小虫子生存。某一天，它遇到一只黄鼠狼，差点被对方一口咽下。小天蝎奋力逃啊逃，却仍然跑得没有黄鼠狼快，眼看就要成为对方的囊中之物，这时前面突然出现一口水井，小天蝎掉了下去，不管怎样都爬不上来。在它就快要被淹死时，它向上天祈祷：'啊，直至如今，我已经吞食了太多生命，因此今天才会落入黄鼠狼之手，尽管我逃得很快，可还是免不了被吃掉的命运。啊，我真是万念俱灰了，所以我决定恭顺地把自己的身体献给黄鼠狼，它吃了我，就可以多活一天。神啊，请了解我的心愿，让我死得有意义。请利用我的身体，带给其他生命幸福吧！'刚祈祷完，小天蝎就发现自己的身体开始燃烧，发出通红的火焰，漆黑的夜都被照亮了。爸爸说直到现在这火都还在燃烧，那团火焰就是天蝎的火光啊！"

"说得没错，大家看，那里三角标的排列形状，和一只蝎子不是一模一样吗？"

乔凡尼远远看过去，看到的确有个三角标位于那团火焰的旁边，就像天蝎的节肢一样。面朝这边的五个三角标，则和天蝎的尾刺很像。赤红绚丽的天蝎火花，似乎会一直燃烧下去一样，发出通红的光芒。

天蝎火花慢慢消失在飞驰的列车后面，嘈杂声、交响乐曲声、口哨声、喧嚣的人声从车窗外传来，车厢里还飘进来一阵阵花香。大家觉得列车肯定行驶到了某个正在举办庆典的镇子附近。

"半人马座，洒下雨露吧！"之前睡在乔凡尼身边的小男孩突然醒了，看着窗外大叫道。

村镇中有一棵像圣诞树一样葱翠的桧树，树上装饰着各种各样的小灯泡，似乎有数以千计的萤火虫汇聚在那里，一眼望过去闪闪发光。

"我想起来了，今晚是半人马座节啊！"

"那这里就是半人马座村了。"康帕瑞拉不由得说道……

"如果投球，我肯定是第一名。"小男孩无比骄傲地说。

"马上就要到达南十字星车站了，我们要准备下车了。"青年对姐弟俩说。

"我可以在车里多坐一会儿吗？"小男孩问。

在康帕瑞拉旁边坐的阿薰快速起身，为下车做准备。可是看她的表情，好像并不愿意就此和乔凡尼他们说再见。

"我们一定要在这里下车。"青年一脸严肃地对小男孩说。

"不要，我想再多乘一阵儿列车再走。"

乔凡尼不由得说道："和我们一起继续往前走吧。我们有一张去哪里都可以通行的车票。"

"可是我们一定要在南十字星站下车，因为只有那里才能抵达天堂。"阿薰一脸黯淡地说。

"一定要去天堂吗？老师说，我们可以创造好过天堂的世界。"

"可是妈妈已经先一步去那儿了，这是神的安排。"

"也许神是在逗你玩呢。"

"不，你信奉的神才逗你玩呢。"

"才不是呢！"

身穿黑西装的青年笑着问乔凡尼："那么你信奉什么样的神？"

"尽管我不是特别了解，可是真正的神应该是独特的。"

"没错，真正的神当然是独特的。"

"嗯，这位神就是真理，这是毫无疑问的。"

"没错，现在我来祷告吧，愿神保佑我们，让我们可以相会在二位刚刚所说的真正的神面前。"青年虔诚地双手合十，开始祈祷。

阿薰也双手合十，开始祷告。大家都不想分开，乔凡尼难过得都要哭了。

"准备好下车，前方就是南十字星车站了。"

分手的这一刻，远方的银河下游，一个由青色、橙色以及各种颜色的光晕所装饰的十字架赫然出现在他们眼前，如同一棵高耸入云的大树，挺立在银河中央，十字架周围是像光环一样的银色云朵。车厢里开始有人说话，就像上次看到北十字星时一样，乘客们庄严地站起来，开始祈祷，周围时不时响起像孩子们飞奔至食物的雀跃声、热烈的赞叹声。随着列车的移动，十字架缓缓靠近车窗前，像青苹果一样的环状云，以它为中心开始旋转。

　　"哈利路亚！哈利路亚！"众人都高声赞叹着。乘客们听到从遥远、幽静的天之彼方传来一阵悦耳的汽笛声，接下来，窗前闪过无数信号灯，列车的速度逐渐下降，最后停在十字架的正前方。

　　"到站了，我们要在这里下车了！"青年拉着小男孩的手，姐姐帮弟弟整了整衣领，拂去肩膀上的灰尘，慢慢走向车门。

　　"再见！"阿薰扭头和乔凡尼、康帕瑞拉说再见。

　　"再见！"乔凡尼强忍着眼泪，带着既不甘又不舍的语气说。

　　阿薰把眼睛睁得大大的，看起来很难过。她再次回头看了大家一眼，之后沉默地下了车，其他的大部分乘客也下车了。车厢里顿时变得空落落的，寒风灌进清冷的车厢。

　　车窗外的人们排着长长的队伍，一脸肃穆地跪在十字架前的银河岸边。乔凡尼和康帕瑞拉远远看到一个身穿圣洁白衣的人，从静默的银河水面越过，慢慢走向这边，并郑重地把双手伸向排队的人群。这时，玻璃汽笛声响起，列车又开始运行了。从银河下方飘来银色的云层，一切都被卷进云雾中，依稀可辨，只有核桃树的叶片在云雾中闪闪发光。电松鼠全身都被金色光圈所缠绕，可爱的小脸不时地从云中探出来，看向四周。

云雾不久就消散了，一条两旁亮灯、终点不知道在哪里的道路出现在前方，沿着铁轨延伸向前。当列车靠近时，灯光似乎在向他们示意一样，突然熄灭了。等列车经过以后，又亮了起来。

回头张望，那座十字架已经变得小不可见，似乎可以当作项链挂起来。

小女孩阿薰和身穿黑色西装的青年等一行人，这时依然在银白色的河岸边跪着，还是已经到了虚无的天堂？眼前一片模糊。

乔凡尼叹息了一声说："康帕瑞拉，现在又只有我们两个了。无论去哪里，我们都要在一起。我要向那只小天蝎学习，只要能让大家得到真正的幸福，我甘愿赴汤蹈火。"

"我也是这样想的。"康帕瑞拉的眼角有泪光。

"可是真正的幸福又是什么呢？"乔凡尼问。

"我也不知道这个问题的答案是什么。"康帕瑞拉疑惑地答道。

"那我们就努力去寻找吧！"乔凡尼觉得一股无穷的力量从心底喷涌而出，不由得深呼吸了一下。

"不好，那似乎是煤炭袋①，传说中天空的黑洞。"康帕瑞拉用手指着银河的某个地方，惊恐地说道。

顺着他的手指看过去，乔凡尼也顿时觉得很恐慌。银河的某处裂开一个大黑洞，到底有多深？通向哪个地方？其中有什

---

① 指煤袋星云，位于南半球的南十字座，和地球大概相距600光年，是最为明显的暗星云。

么？无论把眼睛睁得多大，都无法看清，那幽深的洞底，酸涩了人的眼睛。

乔凡尼坚定地说："即便是再大的黑洞，我都不会害怕，我一定要把真正的幸福给大家找到！哪怕走到天涯海角，也要携手共进。"

"没错，一定要这样做！看，那片宽阔的原野是多么壮丽啊！那里聚着不少人呢，天堂应该就在那里吧？啊，是我妈妈，她也在那里。"康帕瑞拉用手指着窗外处处盛开着鲜花的原野，兴奋地叫道。

乔凡尼也和他一起看向原野，可是只看到浩渺的云雾，根本看不到康帕瑞拉所说的美好景象。

乔凡尼心中升起一股惆怅之情，只能呆呆地看向远方。对岸有两根电线杆，就像两个人手拉手站立一样。

"康帕瑞拉，要不然我们一起去天堂吧？"乔凡尼边说边转过头，可是，刚刚还在位置上坐着的康帕瑞拉，此刻却不见了人影，只看到座椅上的蓝色天鹅绒隐隐发光。

乔凡尼顿时像受到惊吓一样从座位上弹起，看向窗外，并尽力瞒着其他乘客，捶胸顿足地大叫着，最后泪如泉涌，哭得不能自已。

眼前的一切，忽然间变得漆黑一片。

"你为什么哭呢？来，看这里。"这时，从乔凡尼身后传来像大提琴一样美妙的乐声，以前也多次出现过。

乔凡尼愣住了，赶紧把眼角的泪水擦掉，回过头，只见之前康帕瑞拉所坐的位置上，现在却坐上了一个头戴黑帽、面无血色、瘦削的成年男子，还拿着一本厚厚的书，微笑着看着乔凡尼。

"你的朋友忽然消失了，对吗？事实上，今天晚上，他要去一个很远的地方，不会回来了，因此你再怎么找也是无济于事的。"

"为什么会这样？我们说好了要共同前行的呀！"

"是啊，每个人都会有做梦的时候，事实上很难做到。所有人都和康帕瑞拉一样，你所遇到的每个人也都和你一样，品尝过好吃的苹果的味道，搭乘过这趟列车。所以，请按照你刚刚的想法，去寻找大家的真正幸福吧，这样就可以早一天到达美好天堂，也就可以和康帕瑞拉一直在一起了。"

"我一定会竭尽全力的！可是我应该怎么做才能找到真正的幸福呢？"

"这正是我想要实现的。你要好好保管那张通行证，并好好学习。化学课你应该上过吧，那你肯定知道水是由氧气和氢气构成的，现在这已经是个颠扑不破的真理了，因为科学实验对此进行过证明。可是换作以前，人们普遍以为水是由水银和盐构成的，还有人认为是水银和硫黄构成的，此外还有很多种不同的说法。有信仰的人都觉得自己所信奉的神是世界上独一无二的真神，可是当看到与之信仰不同的人所做的好事时，也一样会深受触动，而有关人心善恶的争论，自始至终都存在，结果却永远不可能有标准答案。可是，假如好好学习，明白真理，就可以自己判断是真是假。只要自我拥有判断力，信仰也就和化学没有区别了。你看这本书，这是一本把历史和地理都汇聚到一起的辞典，其中一页对公元前 2200 年的史地资料进行了记录。你好好看看，这里的内容和现代人所写的公元前 2200 年的史地并不一样，而是在公元前 2200 年的时候，当时的人们是如何看待史地的。所以这就是一本历史悠久的史地辞典，听懂了吗？这是对公元前 2200 年时的真实情况进行的翔实记录。可是如果怀疑其有假，那么就要看看下一页了。公元前 1000 年，地理、历史方面的变化可以说是翻天覆地。那时的情况就是这样，你不用觉得惊讶，世间万物，包括躯体、思想以及银河、列车、历史等事物的存在，都只是因为人类有感觉而已。举例来说，你之所以没有刚刚那么难受了，只是因为和我交谈而已，对吗？"

那男子边说边把一根手指抬起来，之后又缓缓放下去。乔凡尼瞬间觉得眼前闪过一道强光，自己的身体、思维，还有列车、学者、银河，全都消失了，就像烟雾飘散到空中一样。须臾之后，天空一角的亮光熄灭，似乎刚刚发生的一切都不是真实的，之前发生的所有事都随风飘逝。光与暗快速交替，很快，一切就都恢复了原样。

"明白了吗？你今后的目标就是把这些杂乱的思维全都串联到一起。这件事比较难，可是只要认认真真完成其中一段就可以了。啊，看，那里就是昴宿，你一定要非常努力，才能把昴宿上的枷锁解开。"

这时昏暗的地平线上有闪亮的烽火升起，整个车厢都被照得很亮。烽火冲上云霄，所有地方都被照亮了。

"啊，是麦哲伦星云！嗯，我一定要为自己，为妈妈，为康帕瑞拉，为所有人去寻找真正的幸福！"乔凡尼仰视着麦哲伦星云，把嘴唇咬得紧紧的，起身发誓——尽力让最应该得到幸福的人得到幸福！

"回去吧！记住，要把通行证保管好。你很快就要结束你在这趟梦幻列车上的旅行，回到现实的波涛中了。大踏步前进吧！只有银河中才有这张通行证，一定要保管好！"

乔凡尼的耳边还回荡着像大提琴优雅乐声一样美妙的声音，可是他觉得银河已经离自己远去了。之后他发现自己正待在微风轻拂的、处处是青草的小山丘上，同时听到博士慢慢朝自己走过来的声音。

"太感谢你了！多亏了你的帮助，我的实验才取得了成功。之前我想象过，要在这里进行一次通过安静的远方把思维传达给他人的实验。我把你说的话都详细记录在了笔记本上。为了让刚刚梦幻中的决定得以实现，请加油吧！如果今后遇到什么难事，随时都可以来找我。"

"嗯，为了找到真正的幸福，我一定会努力的！"乔凡尼信心满满地说。

"好的，再见，把通行证拿好！"

博士将折成和明信片差不多大的绿纸片放在乔凡尼的口袋中，之后消失在了气象轮柱后面。

乔凡尼从山丘顶上一口气跑下来。

在奔跑途中，他发现衣袋里好像有什么沉甸甸的东西，还发出了清脆的响声，便停下来查看。原来在那张绿色通行证里面有两枚金币。

乔凡尼大声叫道："博士，谢谢你！妈妈，我马上去取牛奶。"叫完以后他继续往下面跑。他心中升起诸多感慨，不仅觉得难过，又觉得斗志昂扬，似乎全身都充满了力量。

此刻，天琴座好像梦游一样来到了西边的天空。乔凡尼忽然把眼睛睁开，这才意识到自己因为太累了，在山丘的草地上躺着睡着了。他思绪万千，久久难以平静，脸上蓄满了泪水，触手冰凉。

乔凡尼像弹簧一样站起来，远望山下，小镇仍然亮起了点点灯光。他觉得和以前相比，这灯光要温暖多了。

想到刚刚在梦幻中到银河畅游了一遍，他不由得抬头看天，只见银河依然是一片白茫茫的。南面的地平线上空，就像笼罩着浓雾一样。右方天蝎座红星发出明媚的赤光，天上各星座依然待在之前的位置。

乔凡尼想到妈妈还没有吃晚饭，赶紧从山丘顶上跑下来，快速穿过黑漆漆的松林，绕过牧场的灰白色栅栏，再次从入口处通过，来到牛奶站前。里面主事的人好像已经回来了，因为门口停了一辆傍晚时未曾看到的车，车上有两只不知道装着什么的木桶。

"晚上好！"乔凡尼站在门口彬彬有礼地询问道。

"哦，来了！"一个身穿宽松白长裤的人，听到声音后走了出来，问道，"有事吗？"

"我家的牛奶今天没有送过去。"

"哦，真是对不起。"那人马上进屋，拿了一瓶牛奶过来递给乔凡尼，难为情地笑着说，"真是对不起，今天晌午时分，我忘记关小牛舍的栅门了，牛犊偷偷跑去母牛那里，把一大半牛奶都喝掉了。"

"原来如此，那么我就把牛奶拿上走了呀！"

"嗯，好的，真的很抱歉，要你专程跑一趟。"

"没关系。"

乔凡尼把尚有余温的奶瓶紧紧握在手里，从牧场栅栏快速绕过去，再从小镇的林荫道穿过去，来到大街上。走了不一会儿，就来到十字路口。之前康帕瑞拉等人要去放灯的河川，就在路口右前方马路的尽头，从这里隐隐可以看到巍峨的桥头堡耸立在那里。

此刻，七八个女子正围在桥头的杂货店前，边望着桥上，边小声议论着什么，再看向桥上，那里有很多提着灯来回奔跑的人。

乔凡尼突然感到一阵心慌，赶紧向身边的人打听："发生什么事了？"

"有个小孩掉到河里去了。"有人回答说。其他人都齐刷刷把目光投向乔凡尼。

乔凡尼像梦游一样走到桥上，那里人挤人，几乎把整个河面都挡住了。人群中还有身穿白色制服的警察。乔凡尼沿着桥墩快速跑下来，来到开阔的河滩边。

很多人正提着灯笼穿梭在河滩边。对岸黑漆漆的堤坝上，也有七八盏灯在晃动。河中王瓜灯笼早就不知道到哪去了，水流很缓。

河滩下面有一小块沙洲，那里也是人满为患。乔凡尼快速挤到人群最前面，看到了曾经和康帕瑞拉在一起的马尔索。马尔索靠近乔凡尼说："乔凡尼，掉到河里的是康帕瑞拉。"

"什么时候的事？"

"查内力在小船上观察水流，想在顺水的方向放王瓜灯笼。哪料到身子晃动得太厉害，一下子栽到了河里面。康帕瑞拉见状也跟着跳了下去，用力把查内力推到船舷边，查内力用力抓住船舷，因此获救，而康帕瑞拉却消失在了水中。"

"有第一时间救援吗？"

"嗯，有很多人很快就赶来救援了，康帕瑞拉的爸爸也来了，可是他们把整个河底都搜遍了也没有找到。受到惊吓的查内力已经先一步被带回家了。"

乔凡尼挤到人群里面，看到了康帕瑞拉的父亲，他的脸色很难看，下巴又尖又细。穿着黑衣的他呆呆地站在人群中，身边有不少学生和镇里的人。

康帕瑞拉的博士父亲时不时看一眼时间，之后又看向河面，围观的人们也一直紧紧地盯着河面看。

周围一点声音都没有。乔凡尼觉得自己心跳得厉害，两腿抖个不停。用来捕鱼的乙炔灯在河面上晃来晃去，暗色的河水荡起层层涟漪，依然安静地流淌着。

宽阔的银河的影子在下游的河面上显现出来，河水似乎变成了真的银河。

乔凡尼突然有股强烈的意识，康帕瑞拉可能永远留在了银河对岸。一时间，他悲伤得不能自已。

可是，大家依然没有放弃希望，等着康帕瑞拉会忽然从河流中探出头来，说："啊，我游了好长一段时间啊！"又可能他到了某个不知名的沙洲，等着大家赶过去救他。

可是康帕瑞拉的父亲却叹了一口气说："唉，没有希望了，康帕瑞拉已经落水超过四十五分钟了。"

乔凡尼一个箭步冲到博士面前，想跟他说他知道康帕瑞拉去了哪里，他和康帕瑞拉其实一直都在一块儿，可是突然间喉咙像被什么噎住一样，一个字也说不出来。博士还以为乔凡尼要安慰自己，便低头仔细端详了一会儿他，之后和蔼地说道："你就是乔凡尼？今晚真是辛苦你了。"

乔凡尼无言以对，只好毕恭毕敬地行了一个礼。

"你爸爸回来了吗？"博士把手表摁住，又问道。

"没有。"乔凡尼轻轻摇了摇头。

"发生什么事了？前天我还收到他的信，说是一切都好，不久就要回来了，算下来，应该就是今天了。难道航船延误了？乔凡尼，明天放学以后，请和同学们一块儿到我家来玩！"

博士说完，又看向倒映着银河的河水。

乔凡尼心里生出诸多感慨，安静地离开了。现在，他只想赶紧把牛奶给妈妈送回去，同时跟妈妈说爸爸不久就要回来了的好消息。所以他跑得飞快，沿着河滩快速跑向小镇的方向。

奔跑中，他的眼眶里蓄满了泪水。

每家每户的窗前都装饰着各式各样的灯，给人非常迷蒙的感觉，就像在梦里一样。乔凡尼已经分不清自己现在在什么地方了，也不知道自己要到哪里去，只是不停地向前跑啊跑啊！

他从先前的牧场跑过，再次来到山丘顶，并盘腿坐了下来，眼睛里蓄满泪水，呆呆地望着气象轮柱和天上的银河。

远远传来列车的轰隆声，声调越来越高，又慢慢降下去。

列车声仿佛又把乔凡尼带到了那同调的大提琴乐声中。

再熟悉不过的《星星圆舞曲》的旋律反复在耳边奏响。

乔凡尼沉醉在其中，已经达到了忘我的境界。

卜多力的一生

一、森林

顾思柯卜多力在伊哈托威的森林里出生。顾思柯纳多里——他的爸爸，是个非常著名的伐木师。他可以轻轻松松砍下高大的树木，就像哄小孩入睡一样。

卜多力有个叫奈莉的妹妹，森林就是他们玩耍的乐园，他们甚至会走到可以听到爸爸伐木声的森林深处。他们会在那里把木莓的果实摘下来，用泉水清洗，或者对着天空学金背鸠叫。只要他们一这样做，就会有"咕咕咕"的鸟叫声从周围传来。

妈妈在家门前那块小麦田里撒种子时，他们就铺一块草席坐在路上，用马口铁的锅子煮兰花。只要他们一这样做，就会引来各式各样的鸟儿。

自从卜多力上学以后，森林的中午就冷清多了。可是一到下午，卜多力就会和奈莉一起在森林的树干上写树名，所用的材料是红色黏土和煤末，要不然就是大声歌唱。

在啤酒花藤蔓延伸至两边所形成的一道大门的白桦木上，

他们曾经这样写：

不允许布谷鸟经过

不知道什么原因，在卜多力十岁、奈莉七岁那年，从春天开始，太阳就白得很诡异。过去化雪的时节，白花辛夷会开白花，那一年却没有。哪怕到了五月，天空中依然飘着雨雪。到了七月底，温度依然没有升高，去年播种的麦子只长出了白穗，却没有结果，大部分果树也只开了花没有结果。

秋天，板栗树上只有绿色的球果，大家的主食——稻米也完全没有收获。原野上开始躁动。

卜多力的爸爸妈妈时常带着木柴去原野上交易，冬天还会用雪橇把巨大的木头运到镇上去，可是每次结果都不太好，只能换一点点面粉回来。哪怕是这样，那年冬天他们还是熬过去了。可是到了第二年春天，哪怕把珍贵的种子撒在了麦田里，情况依然和前年一模一样。就这样，到了秋天，饥荒的情况愈加严重了。那段时间，卜多力没有去学校上课，爸妈也完全没工作了。他们时常紧张地对未来进行商议，而且轮流去镇上交易，带少许食物回来。假如那天没有一点收获，爸妈就会露出非常难过的表情。这个冬天，一家人就依靠栎树果实、野葛、蕨类的根，以及柔软的树食过活。到了春天，爸爸妈妈好像还生了很严重的病。

有一天，爸爸抱着头陷入思考中，他想了很久，突然站起来说："我去森林里转一圈就回来。"之后便一摇三晃地离开了家。天黑以后，爸爸依然没有回来。不管卜多力和奈莉如何询问妈妈："爸爸怎么了？"妈妈也只是看着他们，一个字也不说。

隔天黄昏时分，森林的光线渐渐暗下来时，妈妈起身添了点木柴到火炉里。屋里瞬间亮起来了，妈妈跟两兄妹说，她要去找爸爸，要他们好好待在家里，还跟他们说柜子里的面粉要慢点吃。妈妈和爸爸一样，一摇三晃地从家里出去了。当卜多力和奈莉哭着去追妈妈，妈妈却转身骂他们："你们这两个孩子也太不听话了。"接着就蹒跚着脚步向森林里走去。

　　卜多力和奈莉哭了好几次，最后终于无法再忍受了，一起向黑乎乎的森林走去。两人在啤酒花门前、涌泉附近小心翼翼地叫着妈妈。星星的光芒从森林的树荫穿过，闪烁着，似乎在说着什么。耳边不时有受到惊吓的小鸟飞行的声响传过来，可是完全听不到人的气息。最后兄妹俩只好回家。一走进家门，就昏睡过去了。

　　直到下午，卜多力才把眼睛睁开。

　　他想到妈妈说的面粉，便赶紧把柜子打开，里头还有不少面粉和栎树果实。卜多力摇醒奈莉，两人一起吃了面粉，并把木柴丢到火炉里，就像爸爸妈妈根本没有离开一样。

　　二十天以后的一天，门口突然有人在问"你好，有人在吗？"卜多力心想难道是爸爸回来了，于是赶紧起身去看。一个眼神犀利、背着笼子的男人站在门口。他从笼子里拿出圆圆的麻糬，随便往地上一扔，说道："听说这里闹饥荒了，我是来救你们的，来，赶紧吃吧！"卜多力和奈莉一时间不知道该怎么办。

　　"来，吃呀，吃呀！"男人催促道。当卜多力和奈莉小心地开始吃麻糬时，男人看着他们说："你们是好孩子，可是光是好孩子一点意义都没有，跟我走吧。可是……男生要强壮一些，而且我一次只能带一个人走。喂，妹妹，这里没有吃的了，你和叔叔一起去镇上，那里每天都有面包吃哦！"男人把奈莉抓起来，径直塞到笼子里，喊了两声："哦哦嘿咻嘿咻，哦哦嘿咻嘿咻。"便快速离开了。

奈莉哭得很大声，卜多力也哭喊道："小偷！小偷！"

卜多力奋力追过去，可是男人已经从森林穿过，跑到另一边的草原去了。卜多力追得再起劲，也只能听到奈莉若有若无的哭声了。

卜多力哭喊着一直追到距离森林很远的地方，最后因为太累了，体力跟不上而晕倒在地。

二、蚕丝工厂

当卜多力醒来，就听到了这样的声音："你终于醒了。你以为还在闹饥荒呢，起来帮我干活吧！"这毫无韵律感的声音让卜多力听得很是不快。那是一个身穿衬衫和外套的男人，还戴着一顶茶色尖顶帽，手里似乎拿着铁丝。

"现在已经不再闹饥荒了吗？干活？干什么活？"卜多力问。

"挂网子。"

"这里可以挂网子吗？"

"可以啊。"

"挂网子有什么用呢？"

"养蚕取丝。"卜多力定睛一看，有两个男人顺着梯子正往上向他前方的板栗树爬去，全力抛网后再对位置进行调整。可是别说网子了，卜多力甚至都看不到丝线。

"那个真的可以养蚕吗？"

"当然，喂，你这小孩的嘴也太碎了吧，不要老说些丧气话。假如不能养蚕，我在这里盖工厂做什么？而且很多人，包括我在内，都是依靠养蚕生存的，因此你就放心吧！"

卜多力终于用干哑的声音说道："我知道了……"

"我已经买下了整片森林，假如你不留下来干活，就去其他地方吧。只是现在不管到哪里去，你都没有东西吃。"

卜多力的眼泪都要掉下来了，可是他依然忍住了："那我留下来干活，可是我不会挂网子……"

"我可以教你啊，就是……"男人把笼子状的铁丝延展了一下。

"只要这样，笼子就会变成梯子。"

男人大踏步向右边的板栗树走去，把梯子放在下面。

"你拿着网子爬到树上去，来，试一下。"

男人交给卜多力一颗神奇的球。无计可施的卜多力只好把球拿在手上去爬梯子。只是他越往上爬，梯子就变得越窄，眼看梯子的铁丝就要嵌到他的肌肉里面去了。

"再往上爬一点，再往上。好，把刚刚那个球扔出去。从板栗树越过去时，将球抛到半空中。怎么了？你在害怕吗？真是太没有出息了。丢啊，赶紧丢！"

没办法，卜多力只好把球使劲朝蓝天扔去。扔出去的那一刹那，他眼前一黑，直接从树上掉了下来。男人一下子把他接住，将他放在地面上，然后骂道："你这个家伙也太没用了，怎么这么脆弱？如果不是我把你接住，你的头就裂开了。我是你的救命恩人，以后你可要对我客气一点。赶紧爬到另一棵树上去，再过一会儿就开饭了。"男人把一颗新的球递给卜多力。卜多力顺着梯子爬到另一棵树上，把球扔出去。

"很好，丢得不错。来，我这里的球还不少，赶紧地，每棵板栗树都可以爬。"

男人又递给卜多力十颗球，便快速走向另一头了。卜多力才丢了三颗球，就觉得浑身无力，累得直不起腰来。他想要回家，可是他刚看了一眼家的方向，却发现房屋多了一根红色的烟囱，门口还挂着一块招牌，上面写着"伊哈托威蚕丝工厂"。那个男人拿着香烟，刚就是从他们家走出来的。

"小朋友，我拿吃的来给你了。吃饱了，趁天还是亮的赶紧干活啊。"

"我不要干了，我要回家。"

"家？你是说那间房子吗？那里不是你家，是我的蚕丝工厂，因为我已经买下了整片森林，那间房子也包括在内。"

卜多力认命了，沉默地把男人给他的面包咽下去，接着又到树上丢了十颗球。

那天晚上，卜多力蜷成一团，睡在蚕丝工厂——那过去是自己家的房子——的一个小角落里。

男人和三四个卜多力不认识的人边往火炉里加柴，边喝酒聊天，直到很晚。第二天一早，卜多力就到森林里重复和之前同样的工作。

一天天就这样过去了，转眼间，一个月过去了。当整个森林的板栗树上都挂满了网子，养蚕的男人就在树上吊了五六片全是栗子状的物体。当树木一发芽，整个森林里就变得充满了生机。接下来，大量的蚕宝宝就会顺着线，经过吊在树上的木板向树枝上爬去。

自从网子挂完以后，卜多力就和其他人一样，天天去砍柴，房子周围不久就堆积成了一座座木柴小山。当板栗树上开满了像蓝白丝绳一样的白花，树枝上的蚕就如同白花一样。整座森林的板栗树的叶子都被它们吃光了。

　　没过多久，蚕开始吐丝，结出大大的黄茧。

　　之后，养蚕的男人就像发疯一样，叫卜多力和其他人摘茧，并放到笼子里面，接下来放到锅里煮，转动鼓轮，收集蚕丝。众人转着三架鼓轮，不眠不休地收集蚕丝。当黄色的蚕丝把半间小屋都堆满以后，从外头还没有采收的茧里陆续飞过来不少白色大蛾。养蚕的男人的脸色变得很难看，不仅自己亲自开始收集蚕丝，还另外从原野那边请了四个人过来。破茧而出的蛾越发多了，最后整个森林都像下了一场大雪一样。之后，收集好的蚕丝被六七辆马车运到镇上，每次会随行一个人。最后一辆马车离开前，养蚕的男人对卜多力说："喂，我在房子里准备了足够多的食物，你吃到明年春天都没有问题，在这期间，森林和工厂就交给你看守了呀！"

　　男人笑得很诡异，就这样坐着马车离开了。

　　卜多力呆呆地站在原地。屋子里很脏，就像经历了风雨摧残一样；森林里也很糟糕，就像遭到了祝融的侵袭一样。当第二天卜多力开始打扫房子时，发现在那个男人坐的地方，有一个很破旧的纸箱，里面塞了好几本书。有些书上画的是机械的图，有些书上有各种植物的名字，还有些书的内容太艰深了，卜多力完全不明白是什么意思。

　　卜多力就按照书上的内容，认真写字、画图，那个冬天就这样过去了。

春天到了，那个男人带了六七个新的、衣着光鲜的手下回到森林里。第二天，卜多力就和去年一样，开始了忙碌的工作。

等网子挂满、黄色木板吊好，蚕也爬到树上以后，卜多力又和其他人一样去砍柴了。一天早上，当他们在砍木柴时，突然觉得地面震动得厉害，"呼——"的声音从远处传入他们的耳畔。

没过多久，太阳突然变暗了，从天空落下细小的灰尘，森林里很快就变得白茫茫的。卜多力和其他人都蹲在树下，而养蚕的男人则火急火燎地跑过来说：

"完了完了，火山爆发了，火山爆发了。那些火山灰把蚕盖住了，蚕都死了，大家也赶紧逃命去吧！喂，卜多力，你要是想留下来也没有关系，不过这次我不会给你留食物了哦，而且留在这里性命都难保，你还是赶紧逃到原野上去吧！"

男人话还没说完，就一阵风似的跑开了。等卜多力回到工厂时，发现一个人影都见不到了。失望的他只能沿着大家的足迹，踩着火山灰，跑向原野的方向。

三、沼田

卜多力在满是火山灰的森林里，朝着镇上走了半天路。只要一刮风，树上就会落下又像烟又像雪的火山灰。离原野越近，火山灰就越少了，最后，花草树木终于出现在他的眼前，可是他也看不到人们的足迹了。

从森林里走出来时，卜多力不由得把双眼瞪得老大。从他眼前，原野一直向遥远的云端延伸而去，看起来就像三张美丽的卡片，分别是桃色、绿色和灰色。他换了个方向看，发现桃色是一片矮矮的花丛，蜜蜂在中间来来往往；绿色是带有小小花穗的草原；灰色则是浅浅的沼泽。狭窄的土埂区是它们的分界线，人们在马匹的帮助下进行深耕。

卜多力又往前走了一段，看到有两个人在马路中央交谈着，似乎谁也不服谁的样子。右边那个蓄着红胡须的男人说："无论如何，我已经想好要这样施肥了。"

另一个身材魁梧、戴着白色斗笠的老爷爷说："我说这样不行就是不行。之前你那样做，说是可以增加稻米的产量，可是如今却颗粒无收啊！"

"不，我预测今年的气温相当于过去三年的总和，所以仅是今年一年，就可以把前三年分的收成补齐。"

"不行不行，你趁早舍弃这个想法。"

"我是不可能舍弃的。我已经把花埋下去了，现在还要再加六十片豆玉、一百担鸡粪。时间太紧张了，还要做很多事情，要不然就连菜豆的藤蔓，我也想试试。"

卜多力径直走过去向他们致意，然后说："我可以试着做这份工作吗？"

两个男人一脸吃惊地把头抬起来，把手放在下巴上观察了他好一会儿。红胡须的男人忽然笑着说："很好，那拉马的事就交给你了。现在就跟我来，会不会成功，等到了秋天自然就见分晓了。走吧，现在真是还想试试菜豆的藤蔓。"红胡须的男人分别对着卜多力和老爷爷说话，然后站起来往前走。老爷爷看着他们离开的背影，小声嘀咕道："不听老人言，吃亏在眼前啊！"

接下来，卜多力每天都在让马翻整沼田。桃色的卜片、绿色的卜片慢慢不见了，都变成了沼田。翻整沼田的马时常会让卜多力的脸上沾满泥水。他在不同的沼田里工作，每天都过得很痛苦，到最后，连他自己都不清楚，自己有没有在走路，甚至觉得泥巴的味道像糖果，污水像热汤一样。每当有风吹过来，周边的泥水就会闪烁着晶莹的光芒，即便是远处的泥水也是如此。蓝天里有看上去酸酸甜甜的云朵在滚动，让人羡慕不已。

二十天以后，所有沼田都被翻整了一遍。第二天一早，主人就兴高采烈地和来自各个方向的人一起，把像短枪一样的稻秧插到沼田里。一连十天都是如此。之后，主人每天带着卜多力他们出去，到曾经前来给他帮忙的人家里工作。一轮结束以后，又回到自己的沼田除草，每天都是如此。旁边的沼田都呈现出浅浅的绿色，而主人的稻秧却长成了黑色。站在远处看，双方的沼田有着严格的分界线。一连除了七天草以后，他们轮流去对方家里工作。

一天早上，主人带卜多力一起从自己的沼田经过，突然呆住了。卜多力定睛一看，主人脸色发白，两眼直愣愣地看着前方。

"生病了……"主人许久才吐出这三个字。

"您不舒服吗？"卜多力问。

"不是我，是稻子，你看。"主人指着前方的稻子。卜多力弯腰去看，发现每株稻子的叶片上都有红色斑点，这是从来没有过的。一脸失望的主人默默地审视着整片沼田，然后回家了，卜多力忧心地在他后面走。主人回家以后，先用水把毛巾打湿，然后拧干以后放在头上，一下子就进入了梦乡。没过多久，主人的太太冲进来大叫道："稻子真的生病了吗？"

"是的，已经无药可救了。"

"真的没救了？"

"是的，和五年前的情况一模一样。"

"我早就告诉过你那样施肥是不行的呀，爷爷不是也一直不同意你……"

太太哭得很伤心，没想到主人立刻有了精神，站起来大叫道：

"好！我可是伊哈托威原野少有的大农家，我怎么能这样甘心成为输家呢？明年我一定会再来。卜多力，你到我们家以后，还没有好好睡过一觉吧？来，睡吧，随便你睡多久，好好睡吧！之后我会在那片沼田里给你们变个魔术。可是今年冬天我们只能以荞麦为食了，荞麦你喜欢吃吧！"主人说完便把帽子戴上，快速走出了家门。

卜多力原本准备按照主人的意思去仓库里好好睡一觉，可是他实在放不下沼田，于是又偷偷来到沼田边。主人已经先他一步到了，正站在土埂上，把双手交叉放在胸前。卜多力发现沼田里全是水，稻子的叶片都很难看见了，一层发亮的煤油漂在水面上。主人说："我准备用闷的方法，把这种疾病根治掉。"

"煤油可以把病源根除吗？"主人听到卜多力这样问，回答道："假如用煤油烧头，就算是人都无法存活。"边说还边做出呼吸骤停、脖子缩成一团的样子。这时，隔壁主人——他的沼田在水稻下游——怒气冲冲地叫道："你在水里面加油干什么？油都流到我田里去了！"

已经破罐子破摔的主人非常冷静地说："我往水里面加油干什么？因为稻子生病了，所以我才这样做的。"

"可是这样我的田里也有了油。"

"怎么会到你的田去的？那是因为水会流过去，所以油当然也一样啊。"

"那你就想办法把水道堵住，让水不要流到我的田里啊！"

"我怎么没想办法把水道堵住，让水不要流到你的田里？可是那水道不是我的呀，因此我不能擅自做主啊！"

气愤的男人愈加生气了，一个字都说不出来。他突然跳到水里面去，用泥巴堵住了自己的水道。

主人笑着说："那个男人是个很不好相处的人。假如我先堵住水道，他也一定会怒发冲冠，因此我才有意让他自己去堵水道。只要那边堵住了，今晚水就会把整株稻子都漫过。好，我们回去吧。"主人站起来，大踏步向回家的方向走去。

第二天一早，卜多力和主人一起来到沼田边。主人从水中取了一片叶子，拿在手上仔细查看，看起来，情况和昨天差不多，因为主人的脸色并不是很好看。第三天依然如此，第四天也是。第五天一早，主人终于说道："卜多力，我要来种荞麦了，你到隔壁去把水道疏通一下。"

卜多力按照主人的指示，把水道疏通以后，加了煤油的水就一股脑全流到了隔壁的沼田里。卜多力寻思，隔壁主人肯定又会大发雷霆。这时，只见当事人拿着大镰刀走了过来："你这人怎么这样啊，又让油流到我田里来了？"

主人轻声答道："让油流到你的田里不好吗？"

"稻子会死掉的呀！"

"你看看我沼田里的稻子，已经在油里泡了四天了，不也活得好好的吗？我的稻子变红是因为生病了，可是就是因为这些煤油，它们才一直挺立着。你的稻子只泡了一点点，也许会更加茁壮地成长呢？"

"你是说像肥料一样吗？"隔壁主人的表情好看了一点。

"至于它像不像原料，我不敢说，可是煤油和油似乎不太一样……"

"煤油也是油嘛。"男人笑道，态度却发生了极大的转变。主人沼田里的水慢慢退去，整株稻子都露了出来。稻子表面全是红色斑点，就像被烧伤了一样。

"来，我要收割稻子啦！"主人笑着说。

之后主人和卜多力一块收割，把荞麦的种子种了下去，并把泥巴盖在上面。结果就如同主人所言，那年冬天，荞麦就是他们唯一的食物。

到了第二年春天，主人对卜多力说："卜多力，今年的沼泽比去年小多了，工作会轻松一点。可是你要把我儿子生前读的书好好读读，种出茁壮的稻子，让那些笑话我的人无话可说。"

主人交给卜多力一叠书，卜多力只要一有空就会读书。其中最有意思的就属"柯波"这号人物的思想，卜多力反反复复看了好几遍。当卜多力听闻柯波准备在伊哈托威市举办为期一个月的讲座时，便兴高采烈地想要参加。

很快，那年夏天卜多力就做了一件非常伟大的事——当稻子和去年的情况一样时，卜多力用木灰、食盐把稻子的病治好了。到了八月，每株稻子都开满了白色的小花，之后慢慢结成稻谷，随风摇曳。主人非常得意，逢人便说："如何，这四年你们一直笑话我钻营，看看，我只是今年一年，就抵得上你们的四年，还行吧？"

可是到了第二年情况急转直下，到了插秧时，出现了干旱天气，水道干枯了不说，沼泽也有了裂缝，秋天收获的稻谷只能维持一个冬天。原本主人准备第二年再继续努力，没想到第二年又遇到干旱。自那以后，虽然主人还想再试验，却没有足够的资金，也没钱买肥料了，还要慢慢变卖马匹、沼田。

秋天的某一天，主人一脸难过地对卜多力说："卜多力，我曾经是伊哈托威的大农家，赚的钱不少，可是这几年不是寒害就是旱灾，我把沼田三分之二都变卖了，明年也没钱施肥了。当然不只是我，伊哈托威现在也没几个人买得起肥料了。再这样下去，我都没有钱给你付礼金了。你还年轻，身体又这么好，留在这里真是太浪费了。抱歉，你把这些带上，去其他地方看看吧！"主人给了卜多力一袋钱、新的蓝色麻布衣和红色皮鞋。

卜多力将过往的种种辛劳都忘在了脑后，只想留在这里好好工作，不要求回报，可是仔细一想，现在的工作量确实不如以往，于是他决定和照顾他六年的主人说了再见。临走前，他还对主人表示再三感谢，之后便向车站走去。

四、柯波博士

一连走了两个小时，卜多力才走到车站。他买好车票，坐上了去伊哈托威的火车。火车从数块沼田疾速驶过，持续向前进。窗外的景色变化万千，就包括那几座黑森林在内，也被火车远远甩在身后。

卜多力不由得思绪万千。他想要早点到达伊哈托威市，早点和书里介绍的人物——柯波相见。假如有可能的话，他想边工作边读书，学习怎么让种田的人有更高的收成，甚至学习怎么把火山灰、旱灾、寒害等灾害清除。一想到这，他甚至希望火车走得再快一点。那天下午，火车到达了伊哈托威市。刚从车站一出来，地底传来的轰隆声、污浊的空气、街上穿梭不停的汽车，都让卜多力吓得待在原地，很久才反应过来。卜多力开始向周围的人打听怎么到柯波博士所在的学校去，可是不管是谁，只要看到卜多力那严肃的神情，都会忍不住笑出声来。大家告诉他的答案往往都是模糊的，比如说"这间学校我没有听说过"，或者"要再走五六条街"等。直到快黄昏时分，卜多力才把那间学校找到，有说话声从破败的白色建筑物的二楼传来。

"你好！"卜多力叫得很大声，却没有得到回应。

"你——好——"卜多力把全身的力气都使了出来。紧接着，一张灰色的大脸出现在正上方的二楼窗户，还戴了一副眼镜，因为光线的反射，眼镜都发亮。他对着卜多力大叫道："现在在上课，不要大声喧哗，有事就进来吧！"那个人说完，就把头缩了进去。虽然教室里传来一阵哄笑声，可是他浑然不在意，继续大声讲课。

卜多力尽可能蹑手蹑脚地走向二楼。他走到楼梯底看到一扇开着的门，门后面是一间宽敞的教室，里面的学生坐得满满当当的，他们身着各色各样的衣服。教室正前方是一面黑色的墙壁，上头画了不少白线，而刚刚那个身形魁梧、戴着眼镜的男人正指着塔楼模型的各个部分，给学生们介绍。

卜多力瞥了一眼，就想到自己曾经在书里所看到的模型"历史的历史"。老师笑着把把手转了一下以后，模型便变成一艘神奇的船，老师再把把手转动一下，模型又变成了一只大蜈蚣。

学生们全都沉思着，脸上露出疑惑的表情，卜多力却觉得这太有意思了。

"这个构造就和这张图很像。"老师在黑色的墙壁上画了不少图。

老师一手拿着粉笔，快速书写着，学生们则认真地做着笔记。卜多力也把他之前总是带到沼田里的笔记本拿出来，只不过有点脏，跟着画。老师写完以后，就开始观察学生们。卜多力画好以后，便从各个角度审视它。这时，在他身旁坐着的一个学生打了个哈欠。卜多力小声问道："请问这位老师是……"

学生听了不由得轻笑了一声，"柯波博士，你不知道吗？"接着打量起卜多力来。

"这张图你竟然一开始就会画啊，我已经上了六年这门课了……"

学生说着，就收起了笔记本。这时，教室里的电灯突然亮了——已经是黄昏了。博士说："时间晚了，这门课也上完了。和以前一样，想参加测验的同学就把笔记本拿给我看，然后回答几个问题，我再给大家评分。"学生们都大叫着合上笔记本。大部分学生都从教室离开以后，还剩下五六十个学生，他们依次把笔记本拿过去给博士看。博士看过以后再问一两个问题，然后用粉笔在学生的衣领上写下"可""再接再厉""发奋"等评语。写评语的时候，学生们会一脸忧心地把脖子缩起来，蹑手蹑脚地从教室里出来以后，再请其他学生帮忙对评语进行确认，结果当然是有好有坏。

最后就只剩下卜多力一个人了。当卜多力把那本又小又脏的笔记本拿出来时，柯波博士打了个大哈欠，才开始看卜多力的笔记本，那专注程度让卜多力觉得博士会被吸进去呢！

博士像在喝了一杯美酒以后深吸了一口气，然后说："非常好，这张图非常正确。这旁边写的是……哈哈，原来是沼田的肥料和马的饲料。我问你，工厂的烟囱所冒出来的烟会有哪几种颜色？"

卜多力直接答道："黑色、褐色、黄色、灰色、白色、无色，而这些颜色很可能会混合。"

博士笑了。

"无色的烟很好，那形状呢？"

"假如没有风，又有烟，烟的形状就是柱状的，并在高处弥漫开来。云不高的时候，烟柱会和云融合在一起，并呈水平面延伸。假如有风，烟柱就会变成斜的，而风力是决定倾斜程度的关键因素。当烟呈波浪状或断成好几截，那可能就是在风，或者烟囱，抑或是烟囱的习性的影响下所形成的。假如烟太少，就会看上去和软木塞很像。如果里面含有比重较重的气体，也许会从烟囱口的一方或各个方向倾泻出去。"

博士的脸上又露出了笑容。

"非常好，你是做什么工作的？"

"我是来找工作的。"

"那我就给你介绍一份非常有意思的工作。我这里有一张名片，你现在就过去。"博士把名片拿出来，写了一些字后交给卜多力。当卜多力向博士致敬，准备从教室离开时，只听到博士小声呢喃着："现在在烧垃圾啊……"博士将还没有用完的粉笔、手帕和书都放到桌上的公事包里，然后夹着公事包，从刚刚他探头出去的那扇窗户跳了下去。卜多力目瞪口呆地跑到窗边，才发现博士是跳到了一艘很小的飞行船里，他一个人操作着方向盘，径直飞向前方。卜多力一时间愣住了，不久，博士就在远方一栋灰色建筑物平整的屋顶上降落下来。博士把飞行船锁好以后，便快速走到建筑物里面，就此不见了。

五、伊哈托威火山局

卜多力把柯波博士给他的名片拿在手上，一路打听，最后终于来到一栋茶色的大型建筑物前。一根高高的柱子立在建筑物后面，上面的白色流苏状雕饰分别醒目。卜多力走上玄关，按了门铃，马上就听到有人过来开门。那个人把卜多力手上的名片接过去以后看了一眼，随即带他到走廊尽头的大房间去。

房间里有张很大的桌子，这是卜多力从来没有看到过的。正中央坐着一个头发有些发白、神情冷峻的男人，他正用耳朵贴着话筒，并用笔做着记录。看到卜多力走进房间，那男人示意了一下旁边的椅子，然后继续通话。

卜多力右边的墙壁是一整面伊哈托威的俯瞰图，上面有漂亮的彩色模型，可以清楚地看到铁路、城镇、河川和原野。在中央像背脊一样的山脉、海边像边缘一样的山脉，以及支脉所形成的各个岛屿的群山等地方，都装有红、黄、橘色的小灯，不仅颜色会变，而且有数字出现，还会有像蝉鸣一样的"吱——"声发出来。墙壁下面的架子，有三排像打字机一样的机器，几乎有上百台，安静地动作着，时不时会发出声音。当卜多力正被眼前的景象所吸引时，那男人把话筒放下来，从怀里的名片夹中抽出一张名片说："你就是顾思柯卜多力吗？这是我的名片。"卜多力看了眼名片，上面写着这样几个字："伊哈托威火山局技师贝内南姆"。

看着卜多力因为不擅长交际而显得有些窘迫的面容，贝内技师亲切地说："刚刚柯波博士给我打来了电话，你之后就在这里边工作边学习吧！尽管这里的工作才开展起来，可是担负着重大的责任，再怎么说我们是在不知道什么时候会爆发的火山上工作。如果只是看书，想要把火山的习性掌握好是很难的，接下来要更加努力才可以。那里就是你的房间，今天晚上你就先休息，明天我再带你对整栋建筑物进行参观。"

第二天一早，贝内技师就带着卜多力从一个个房间经过，并把各种器械和机关介绍给他听。这栋建筑物里的所有器械都和伊哈托威的三百多座火山——包括活火山、休眠火山和死火山相连，只要火山冒烟、喷灰或流出熔岩，都会转变成图形、数字，在这些器械上表现出来。即便是看起来很平静的老火山，里头的熔岩、气体，甚至是山形的改变，也都会一一展现出来。如果火山发生巨大的改变，模型就会产生不同的声音。

自那天以后，卜多力便将整颗心都扑在工作上的同时，也向贝内技师学习着所有器械的使用方法和观测方法。就这样经过了两年，现在的卜多力已经可以独自出去工作，和其他人一起进入火山，对器械进行装备或修理，并对伊哈托威三百多座火山的动静都慢慢了然于心。

伊哈托威每天冒烟、流出熔岩的活火山有七十多座，会喷出各种气体、涌出热水的休眠火山有五十多座，而一百六十多座死火山有些也许会再次苏醒。

有一天，当卜多力正和贝内技师一道工作时，位于南边海岸的一座"萨姆托里"火山突然出现异常情况。贝内技师大叫："卜多力，萨姆托里很长时间没有动静了吧?"

"是的，萨姆托里一直没有过什么动静。"

"啊……看来它要爆发了，肯定是今天的地震所致。这座火山北边十公里处就是萨姆托里市，如果这座火山爆发，整座山的三分之一就会流往北边，到时候，巨大的熔岩就会和火山灰、气体一起，把整个萨姆托里市吞没。看来我们只能从面海处钻孔，看能不能让气体冒出来，或者让熔岩流出来。我们马上去看看吧。"两人准备好以后，坐上了到萨姆托里去的火车。

六、萨姆托里火山

第二天一早，他们就抵达了萨姆托里市。中午，他们便爬到了和萨姆托里火山很近的山顶上，把有观测器的小屋放到上面。小屋被设置在萨姆托里山旧火山口外缘面海处的缺口，从小屋向窗外看去，会看到呈蓝色和灰色的大海。几艘黑烟滚滚的汽船在海面上刻出一条条银白色的水路。

贝内技师对观测器械进行确认过后问卜多力："你觉得这座火山多久以后会爆发？"

"我觉得不到一个月。"

"不要说一个月了，即便是十天都坚持不下去。我们要快一点了，要不然后果会非常严重。我觉得最脆弱的地方就是这座山的面海处。"贝内技师指着山谷上方山腰间的那片草地说。草地上有流动的云影倒映在上面。

"那里的熔岩只有两层，其他的都是脆弱的火山灰和火山砾。从这里到那块牧场的路很好走，完全可以运送材料。我马上来申请工作小组。"

贝内技师马上和局里取得了联系。就在这里，他们觉得脚下有轻微的声响传来，接下来观测小屋发生了晃动。贝内技师离开器械说："局里马上会派工作小组来，这个工作小组有一半称得上敢死队，这么危险的工作我还是第一次遇到。"

　　"十天内可以完成吗？"

　　"肯定可以。三天用来安装，最多用五天，就可以从萨姆托里市发电厂把电线拉到这里来。"贝内技师扳起手指头数了一下，最后才放心地说："卜多力，我们泡壶茶来喝吧，这里的景色真美！"

　　卜多力把带来的酒精灯点燃，准备泡茶。天空里聚集了越来越多的云，加上太阳已经落山了，大海呈现出落寞的灰色，白色浪头一阵阵向火山的山脚边靠近。

　　突然，卜多力眼前飞过一艘特别熟悉的小飞行船，贝内技师激动得跳了起来：

　　"柯波来了。"卜多力也跟着冲了出去。飞行船在小屋左边的大岩壁上停下来以后，身材魁梧的柯波博士便从飞行船上轻轻一跃，下了飞行船。博士先在岩石上找到裂缝以后，便快速把螺丝转紧，固定住飞行船。

　　"我来喝茶啦，晃得是不是很厉害？"博士笑着说。

　　贝内技师回答道："还好，可是落石已经开始出现了。"

　　正在这当口，火山刚好发出一阵怒吼声。当卜多力觉得眼前没有任何颜色时，火山便持续摇晃了好一会儿。柯波博士和贝内技师都蹲了下来，紧紧把岩石抓住，飞行船也缓缓摇晃着。

　　终于，地震停了下来。柯波博士起身向小屋走去。小屋里，茶打翻了，酒精里的蓝色火焰还在燃烧。

柯波博士对器械进行确认了以后，又和贝内技师探讨了很久，最后说："不管怎样，明年一定要建好所有的潮汐发电厂。到那时，如果再出现这种情况，一天之内就可以解决。一定要把卜多力所说的沼田肥料放进去。"

"到时候就不怕干旱了。"贝内技师也说。

卜多力欢呼着，真想一路跳舞到山顶上去。其实，火山那时又开始摇晃了，卜多力整个人都跌到了地板上。

博士说："这次晃得挺严重的，萨姆托里市肯定也有感觉了。"

贝内技师接着说："看看刚刚我们北边一公里、地表下大概七百米的地方，熔岩里掉了一块相当于这间小屋六七十倍的岩块。直到气体把最后一道岩石突破，火山里还有一百，甚至更多这种岩块。"

博士思考了一会儿，说："嗯，我先走了。"说着便从小屋走了出去，径直跳上飞行船。博士挥了挥灯光，和贝内技师、卜多力再见，之后从火山绕过去，飞向另一头。贝内技师和卜多力看着博士离开以后，回到小屋里轮流休息和观测。

天亮时分，工作小组到达了山麓，贝内技师让卜多力单独留在小屋里，一个人到昨天找到的那片草地上去。当风从下面吹上来，大家说话的声音、金属材料的碰撞声就会清晰地传入卜多力的耳畔。贝内技师会随时跟卜多力说工作进展到哪了，并询问气体压力、火山形状有没有变化等。一连三天，不管是卜多力还是山麓的工作小组，每个人都不分昼夜地工作着。到了第四天上午，贝内技师告诉卜多力：

"卜多力，这里准备好了，你赶紧下来吧，再对观测器械进行一次确认，之后就放着，把所有资料都拿出来，今天下午那间小屋就消失啦！"

卜多力闻言下山以后，看到原本在仓库里放着的大型金属材料已经建成了塔楼，只要一通电，各种器械就可以开始工作了。贝内技师的脸颊都陷了下去，工作小组的人也个个面无血色，双眼却都迸发着神采，大家都笑着跟卜多力打招呼。

贝内技师说："好，走了，大家准备上车吧！"听到这句话，一行人快速钻进二十辆汽车里。排成一列的汽车从山麓奔向萨姆托里市。贝内技师把车停在火山和萨姆托里市两地中央，对大家说："把帐篷就搭在这里，大家先休息一下吧！"大家都没再说什么，倒下便睡着了。

那天下午，贝内技师把话筒放下后就对大家说："电找到了，卜多力，开始吧！"贝内技师把开关打开。卜多力和其他人从帐篷里走出去，专注地看着萨姆托里的腹地。原野上处处是绽放的百合，而萨姆托里火山就在遥远的那端高高耸立着。

不久，萨姆托里火山左边山麓就开始摇晃，蕈状的黑烟刚冒出来就直达天际，而从烟的底部流出了火红的熔岩，转瞬间就扩散成扇形，流到海里去了。此时，地面也开始猛烈摇晃起来，百合花也跟着晃个不停。突然只听一声巨大的声响，音量几乎可以击垮众人。接下来，只听"呼"的一声，是风吹过的声音。

"成功了！成功了！"大家指着远方大叫道。萨姆托里火山的黑烟弥漫开去，整片天空都未能幸免，天空瞬间暗了下来。滚烫的碎石持续落下，大家快速躲到帐篷里面。虽然还是不太放心，可是贝内技师看了一眼时间后说：

"卜多力，我们还是成功了。尽管火山灰还是有一些，可是总算解除了危机。"碎石正一点点变成灰烬，而且数量急剧下降。大家再次从帐篷里冲了出去，一眼看过去，原野是一片一望无际的灰。灰堆积了一寸高，被摧折的百合花已经看不到了，天空也变成了奇怪的绿色。一些小小的突起出现在萨姆托里火山山麓，灰色的烟持续冒出来。

那天黄昏时分，大家踏着火山灰和碎石爬到山上，安装好新的观测器械便分别回家了。

七、云海

接下来的四年，在柯波博士的规划下，他们沿着伊哈托威的海岸安装了两百座潮汐发电厂，并按照顺序在伊哈托威周围的火山上建设观测小屋和白色的金属制塔楼。

卜多力成为技师以后，一整年大部分时间都在这些火山边上转悠，只要一出现危机，他就要负责解决。

第二年春天，伊哈托威火山局在各城张贴了这样一张海报，上面是这样写的：

氮肥料施放通知

今年夏天，我们会在各位的田里投放小量的人造雨和硝酸阿摩尼亚，投放比例为一百平方米配一百二十公斤。如果平时没有使用肥料，请计算后酌情使用。

如果遇到干旱，我们会把让作物不致干枯的人造雨投放下去。曾经因为缺水而没办法耕作的沼田，今年可以放心地耕作，请抓紧时间插秧。

那年6月，有一段时间，卜多力就在位于伊哈托威正中央的伊哈托威火山山顶小屋里待着。肉眼可见的是一片灰蒙蒙的云海，伊哈托威所有的火山聚集在一起，就如同一座座黑色的岛屿。一艘飞行船拖着白烟，从一座座火山经过，似乎在山峰建起了一座桥梁。当飞行船持续飞向前方，后头的白烟也越发粗，越发明显了，最后落入云海。不久，云海就如同一张白色的、闪光的大网，将每座火山都覆盖了。之后飞行船停止冒白烟，开始在空中画圈，就像在和卜多力打招呼。又过了没多久，飞行船的船头倾斜过来，在云海间遁形了。

电话铃响了，里面传来贝内技师的声音："飞行船刚回来，一切准备就绪，雨也开始下了，行动吧！"

卜多力刚把开关按下去，刚刚那张白烟组成的网子就散发出动人的光芒，有桃色、蓝色、紫色……让人眼花缭乱。卜多力呆呆地看着眼前的景象，直到光芒一点点不见。当太阳慢慢落山，云海也变暗了，天空又变成之前灰蒙蒙的样子。

电话铃又响了。

"硝酸阿摩尼亚已经混到雨水里面了，分量正好，移动情形也挺好的。四小时以后，这个地区的工作就结束了，加油！"

卜多力太兴奋了。

蓄着红胡须的主人、隔壁那个质疑石油能不能当肥料的人……现在肯定都在云海下兴奋地听着雨声吧！明天一早，大家就会开心地抚摸着绿色的稻秆——啊，这就像在做梦一样。卜多力远远地望着时而变暗时而变亮的云海，沉浸在自己的想象中。

可能是因为夏天的夜晚太短了，感觉天一下子就亮了。在时亮时灭的电光间，云海的东边泛起轻微的黄色。

可是那是月亮，不是太阳。黄色的月亮突然出现了。当云海闪烁着蓝色的光辉，月亮就表现出不一样的白色。当云海闪烁着桃色的光辉，月亮便似乎咧嘴笑了。卜多力已经把自己是谁，在做什么给忘了，只是呆呆地盯着前方看。

电话铃再次响了。

"这边开始打雷了，网子似乎断了很多。做得有点出格了，明天报纸会批评我们做得不好的。可以停下来了。"

卜多力把话筒放下来以后把耳朵竖起来——云海四周有细微的摩擦声响起，再认真听，确实是破碎的打雷声。

卜多力把开关按下来以后，就只剩下月光的云海安静地流向北边。卜多力用毛毯把全身包裹住，进入了沉沉的梦乡。

八、秋天

虽然和气候也有关，可是那年的农作物的收成依然特别好，是近十年以来最好的一次。来自各个方向的感谢状，以及带有激励的信件都涌向火山局。从出生到现在，这是卜多力第一次觉得自己的人生如此有价值。

可是之后有这样一件事发生了。有一天，卜多力到塔奇纳火山去，在返回的途中从一个小村落经过。那个村落的沼田已经收割了，一眼看过去都是光秃秃的。因为刚好是中午，卜多力向一间出售杂货、点心的商店走去，准备买些面包充饥。他问："有面包卖吗？"店里有三个光着脚的人，因为喝了太多酒，两眼红通通的。其中一个站起来，回答了卜多力的问题，可是答案却非常奇怪。

"有是有，可是却根本不能吃，太硬了，就像石头一样。"说完，看着卜多力的脸，三人不由得放声大笑。卜多力懊恼地从商店走出去。他一出来，就看到迎面走过来一个理着平头、身材魁梧的男人。男人问道："你就是今年夏天在空中用电洒肥料的那个卜多力吧？"

"没错。"卜多力浑然不在意地答道。没想到男人忽然叫了一声："火山局的卜多力来了，大家赶紧来啊！"

包括刚刚那间商店里的人，还有来自田里的人，一下子就有十八个农夫聚集了过来，每个人都露出邪恶的笑容。

"混蛋，我们的稻米全被你的电害死了。你为什么要这样做？"其中一人说。

卜多力镇定地说："死了？春天张贴的海报你没有看到吗？"

"你这混蛋。"另一个人打飞了卜多力的帽子，其他人就围上来对着他一顿猛揍。卜多力莫名其妙挨了一顿打，不久就昏迷过去了。

等他苏醒过来时，发现自己正躺在白色床铺上，周围像是医院的病房，很多慰问的电报和信件放在枕边。卜多力浑身酸痛，无法动弹。幸运的是，一个星期以后，卜多力的伤就几乎全好了。原来是一个农业技师在对农夫施肥进行指导时出了问题，最后却让火山局来承担稻米死亡的责任，才有了这次事件。当卜多力在报纸上看到这则新闻时，一个人在病房里笑得很大声。

一天下午，护士走进来说："有位名叫奈莉的女性想和您见一面。"卜多力还以为自己没有睡醒。

没过多久，一个皮肤黝黑的农家妇人小心翼翼地走进病房。虽然奈莉的外表发生了很大的变化，可是那确实是在森林里被人带走的奈莉。两人一下子沉默下来，过了好一会儿，卜多力才询问奈莉在那之后发生了什么事。奈莉用伊哈托威农家的语气，把她那段日子的经历慢慢讲了出来。

男人把奈莉带走以后三天，好像觉得麻烦，就把她丢到一个小牧场附近，自己消失了。

奈莉一边走一边哭，牧场主人眼见她可怜，便让她留在了那里，让她帮忙照看婴儿。长大以后，奈莉变得特别能干，什么活都能做。三四年前，她和牧场主人的大儿子成亲了。她说自己过去一直都要把厩肥运到远的田地，可是今年因为有了施放肥料，她省心了不少。不管是近处的芜菁，还是远处的玉米，都获得了大丰收，因此全家人都很高兴。她曾经和丈夫一起到森林里去过，却都悻悻而归，他们小时候住的房子现在已经变成了一片废墟，到处找也找不到卜多力。昨天，她丈夫在报纸上看到卜多力受伤的新闻，她才能再次和哥哥相见。卜多力答应奈莉，等他养好伤以后，一定会去他们家表示感谢，奈莉之后就回去了。

九、卡鲁博托纳特岛

接下来，卜多力一直过着非常快乐的生活。他时常去拜访蓄着红胡须的主人，向他表示感谢。

尽管主人已经一大把年纪了，却很有精神。现在他养了一千多只长毛兔，田里只种红甘蓝，虽然一样投机取巧，可是相比从前，生活却好过多了。

奈莉生了一个可爱的男孩。冬天不忙时，奈莉会让儿子穿上农夫的衣服，和丈夫一起去卜多力家住几天。

有一天，之前一起在蚕丝工厂共事的人来找卜多力，跟卜多力说，他爸妈就被埋在森林最深处的大橿树下。当时，养蚕的男人到森林里观察树木时，发现了卜多力爸妈冰冷的尸体，为了瞒住卜多力，他们便把他们埋到土里，上面插了一枝白桦木的树枝。卜多力马上带着奈莉一家人赶去那里，用白色的石灰岩给爸爸妈妈立墓。之后，只要他经过那附近，都会去看看。

卜多力27岁时，似乎又要遭受寒害之灾。观测站以太阳和北边海水的情形为依据，推测从2月开始，气候会发生强烈的改变。推测一步步变成现实，不但辛夷不开花了，即便到了5月还下了10天的雨雪。只要一想到当年的场景，大家就都担心起来。柯波博士也一直在征求气象和农业技师的意见，并在报纸上刊载相关建议。可是，寒冷的天气一直持续着。

到了6月初，看到稻秧枯黄，树木光秃秃的，卜多力寝食难安。那一年，卜多力认识了不少亲密的朋友，可是再这样下去，不管是森林还是原野都会面临一场灾祸。卜多力冥思苦想了很久，一天晚上，他去了柯波博士家。他问柯波博士："老师，如果大气层里有了更多二氧化碳，地球是不是会变暖？"

"会吧。据说地球有现在的温度，都是由空气中二氧化碳的量来决定的。"

"卡鲁博托纳特岛的火山假如爆发，可以喷出足够多的改变气候的二氧化碳吗？"

"我计算过这个，假如现在爆发，气体就会和风循环的上层空气混合到一起，将整个地球都包住。如此一来，下层空气和地表的散热就会遭到阻滞，平均温度就会上升五度。"

"老师，难道我们现在让它爆发不可以吗？"

"可以是可以，不过却要有一个人做出牺牲。"

"老师，请让我去吧！请老师说服贝内老师，让我去完成这项工作。"

"不可以，你还这么年轻，更何况你现在的工作没人可以胜任。"

"我相信接下来有很多人可以完成我现在的工作，而且他们肯定比我干得更好，更出色。"

"这件事我无法决定，你去找贝内技师商量一下吧！"

卜多力回来以后就去找了贝内技师，技师同意了。

"这个主意很好，还是我去吧。我今年 36 岁了，即便是死了也没什么好遗憾的了。"

"老师，这次不确定的因素太多了。即便火山成功爆发了一次，气体也许会被雨水带走，或者发生其他不能提前预知的情况。假如老师牺牲了却失败了，之后我们就没有办法了。"

贝内技师把头低下来没有说话。

三天以后，火山局的船抵达卡鲁博托纳特群岛，他们在岛上搭建塔楼并连接电线。

一切准备停当以后，卜多力让其他人坐船返回，他一个人留在岛上。

第二天，伊哈托威的人发现天空出现浑浊的绿色，太阳和月亮都泛出铜色的光辉。

三四天以后，天气越发暖和了。那年秋天，农作物的收成再次回到以前的标准。到了冬天，就像故事开头所描述的卜多力家，每家每户的爸爸妈妈都和他们的小孩一起，共同享用着美好的食物、明亮的火炉，幸福生活地生活着。

猫咪事务所

轻便铁道的停车场附近就是猫咪的第六办公室所在之处，主要职责就是对历史和地理进行调查。

办公室的每位书记都身穿黑色短袍，很是受人敬仰。假如有书记因为某种原因离职了，年轻的猫咪们就会毛遂自荐，都迫切想要得到这份工作。

可是根据规定，这间办公室只有四个书记，因此录取率一点都不高。候选人都是字写得最好看，又懂得诗词的优秀人才。

事务长是只大大的黑猫，虽然年纪有些老了，眼睛却如同是好几层铜线组成的一样，即便是不说话都给人非常威严的感觉。

黑猫事务长有四个下属。

第一书记是白猫。

第二书记是虎斑猫。

第三书记是三毛猫。

第四书记则是灶猫。

"灶猫"名字的由来，并不因它天生就是这样的毛色。之前是什么样的毛色并不是最重要的，重要的是它晚上总是钻到灶里面睡觉，身上全是煤灰，特别是鼻子和耳朵处，看上去就和一只狸猫没什么区别。

也因为如此，其他猫咪都对灶猫没有好感。

可是黑猫是这间办公室的掌权者，因此原来再怎么努力读书也没办法当上书记的灶猫，依然被选拔了出来。

黑猫事务长在偌大的办公室正中央坐着，桌上铺着大红色的羊毛桌巾。它的右手边坐的是第一书记白猫和第三书记三毛猫，左边则坐着第二书记虎斑猫和第四书记灶猫。四位书记都端端正正地在小小的办公桌前坐着。

而请猫咪对地理和历史调查又是什么情况呢？

情况基本上是这样的。

咚咚咚，办公室响起了敲门声。

"进来。"黑猫事务长把双手插到口袋里，身子略微仰向后边大叫道。

这时四个书记都把头埋得低低的，不停地查找着资料，看起来一派繁忙。

敲门的是奢侈猫。

"有什么事？"事务长问。

"我想到白令海峡附近去吃冰河鼠，哪里最好呢？"

"好，第一书记，告诉它冰河鼠产于哪里。"

第一书记把蓝色封面的大资料簿翻开，回答道："乌斯特拉葛梅那、诺巴斯卡伊亚、福萨河流域。"

事务长对奢侈猫说："乌斯特拉葛梅那、诺巴……什么？"

"诺巴斯卡伊亚！"第一书记和奢侈猫齐声说道。

"对，诺巴斯卡伊亚，然后呢？"

"福萨河。"听到奢侈猫和第一书记再次一起提醒他，事务长显得有些难堪。

"对对对，福萨河，反正就是那一带。"

"那旅途中要注意什么呢？"

"好，第二书记，告诉它去白令海峡附近旅行要注意什么。"

"好的。"第二书记查找着自己手边的资料，"夏猫根本不适合旅行。"这时，大家都将目光投向灶猫。

"冬猫也要很小心才行，从函馆经过时，也许会被人类用马肉拐走。尤其是黑猫，在旅途中一定要反复说明自己是猫，要不然被人误认成黑狐的可能性极大，会遭到猎人的围追堵截的。"

"很好，就像它所说的，你不属于我们黑猫家族，不需要太担心，只要从函馆经过时提防一下马肉就可以了。"

"这样啊，那再请问那边有哪些社会上层人士？"

"第三书记，告诉它白令海峡附近有哪些上层人士？"

"是，嗯……白令海峡附近有两位了不起的人物，分别是托巴斯基和肯森斯基。"

"托巴斯基和肯森斯基是什么样的人呢？"

"第四书记，把托巴斯基和肯森斯基这两个人简单给他介绍一下。"

"好的。"第四书记灶猫早就准备好了托巴斯基和肯森斯基的资料，只等事务长一声令下。事务长和奢侈猫看了，都露出敬佩的眼神。

可是其他三个书记没有正眼瞧它，还露出一脸窃笑的表情。灶猫认真地朗读着资料："托巴斯基是一名年高德劭的酋长，目光敏锐，可是说话语速很慢。肯森斯基是一名资本家，虽然说话速度不快，可是目光如炬。"

"好的，我知道了，谢谢。"

奢侈猫从办公室走了出去。

大抵就是如此，对猫咪来说，第六办公室确实提供了很大的便利。可是半年以后，第六办公室依然有可能要被废除，相信大家已经隐约发现其中的原因了。资历更老的三个书记非常不喜欢第四书记灶猫，其中以第三书记三毛猫的厌恶之情最重，它总是觉得灶猫的工作它完全可以代劳，即便灶猫再努力想要大家认可自己都无济于事。

比如有一天中午，在灶猫旁边坐的虎斑猫准备开始吃放在桌上的便当时，突然很想打哈欠。

于是虎斑猫把短短的双手举得高高的，一边打哈欠一边伸了个懒腰。对于猫咪来说，这并不是什么不太雅观的动作，用人类的行为来比喻，就像在揉搓自己的胡须一样。假如只是这样还没什么关系，最过分的是，它竟然把脚伸得老长。这样做的后果就是桌面开始变得倾斜，便当盒开始移动，最后落在了事务长办公桌前的地板上。虽然便当盒表面变得不太平整，可是因为是铝做的，所以还是好的。虎斑猫赶紧不再伸懒腰了，从桌子上方把手伸得长长的，想要把它的便当盒捡回来。可是，它的手太短了，正好落在要够却够不到的悬空的地方，只见便当盒一直在地面上滚动，就是没办法抓住。

"这样是不行的呀，你根本够不到。"在一旁啃面包的黑猫事务长笑着说。正准备把便当盒打开的第四书记灶猫见此情形，马上起身捡起便当盒，准备交给虎斑猫。哪料到虎斑猫突然变得非常生气，不愿意把灶猫手中的便当盒接过来。它把手放在身后，摇晃着身体像个泼皮一样大叫："怎么？你现在是要我把这个便当吃掉吗？要我把掉在地上的便当吃掉？"

"我不是这个意思，我是看您想把这个便当捡起来，所以才帮了这个忙。"

"谁说我想捡？嘎？我只是觉得这个便当掉在事务长面前，实在是太不礼貌了，我想把它推到桌子下面去而已。"

"这样啊，我还以为是因为它一直在滚，所以……"

"你真是太过分了，有本事就跟我决……"

"行啦行啦行啦行啦。"事务长大声说道，它不是想煽风点火，而是有意不想让虎斑猫把"决斗"两个字说出口。

"好了啦，灶猫君把便当捡起来不是为了给虎斑猫君吃啦。话说，今天早上我忘记说件事了，我给虎斑猫君涨工资了，以后每个月多十钱。"

一开始，虎斑君的面色极其难看，可是依然埋头听事务长说话，后来听到调薪，立马变得高兴起来。

"很对不起，让大家担心了。"可是它依然没忘了瞪一眼灶猫。

各位读者，我对灶猫充满同情。

便当盒事件过去五六天以后，又发生了一次类似的事。之所以这样的事会时常发生，一是因为猫咪天生就很懒，二是因为猫咪的前脚——也就是手——确实太短了。这次是另一边的第三书记三毛猫。一早还没有开始工作，因为同样的原因，它的笔落到了地上。事实上，假如三毛猫愿意马上起身去捡起来，就什么问题也没有了。可是它和虎斑猫一样太懒了，也是从桌子上方把手伸得长长的，想要把地上的笔捡起来。当然，他是够不到的，而且三毛猫个子又很矮，哪怕双脚都悬空，依然够不着。因为有前面的教训，灶猫这次有点迟疑，不知道自己要不要帮三毛猫把笔捡起来。它眨巴着眼睛观察了好一会儿，还是决定帮它捡起来。

就在这时，没有坐稳的三毛猫翻了个大跟斗，头下脚上地从桌子上摔了下来。因为发出了太大的声音，黑猫事务长都被吓到了，赶紧起身，并从后面架子上拿了瓶氨水过来，准备让三毛猫清醒清醒。谁料到三毛猫马上站了起来，指着灶猫就开始骂："灶猫，你竟然敢推我！"

这次事务长也马上开始安慰三毛猫。

"哎，三毛猫君，你误会灶猫君了。它只是好心想起身给你帮忙而已，它根本都没有碰到你。这只是件小事，就不要太在意了。嗯……这是三德堂的迁移申请书……"事务长马上埋头开始工作，三毛猫也只得继续工作，可是它依然动不动就向灶猫投去恶毒的眼神。

灶猫心里难受极了。

有好几次，它都试着像其他猫咪一样在窗外睡，可是到了半夜总会被冻醒，不停地咳嗽，最后又只好钻到灶里面去睡觉。

它怎么这么怕冷呢？那是因为它的皮一点也不厚？那它的皮为什么这么薄呢？那是因为它出生于土用丑日这段时间。归根结底还是自己的问题，这也是没办法的事——灶猫心想，圆滚滚的大眼睛里泪水止不住往下掉。

可是事务长对我这么好，而且其他灶猫都很自豪于自己可以在这间办公室工作，再难过，我都要坚持下去，一定要坚持下去——灶猫边哭边激励自己。

没想到，最后连事务长都靠不住了。猫咪这种生物看上去很精明，事实上蠢笨至极。有一天，灶猫不小心感冒了，脚底肿得老大，根本没办法走路，也无法工作。完全不能动的它只好待在家里不停地哭，一整天，它的视线都没有离开仓库那扇小窗户射进来的黄色光线，泪水不停地往下掉。

同一时间，办公室里却在这样议论它。

"咦？灶猫君怎么还没有来？都好晚了呀！"趁着工作间隙，事务长问道。

"哼，肯定跑到海边去玩了。"白猫说。

"不对，不对，肯定是去参加什么宴会了。"虎斑猫说。

"今天有宴会吗？"事务长一脸惊讶。因为它觉得其他猫咪只要举办宴会，是一定会邀请它的。

"我记得它好像说过北边的学校要举行开学典礼。"

"这样啊……"黑猫若有所思。

"话说这段时间，"三毛猫继续说道，"话说这段时间，为什么灶猫一直接到大家的邀请呢？因为它在外面夸耀自己是下一任事务长啊，因此那些笨蛋才会变着法儿地讨它开心。"

"这是真的吗？"黑猫很生气。

"当然，不然您可以去核实啊！"三毛猫嘟囔道。

"太过分了，怎么能这样啊，亏我还如此器重它。好，既然它不仁，就别怪我不义。"

黑猫说完，整个办公室都沉默下来。

第二天。

灶猫的脚终于好了，于是它很早就出门了，顶着肆虐的狂风到办公室去。可是，它一进办公室，却发现它极为关注，每天到办公室第一件事，都会轻轻抚摸其封面的资料簿，竟然被分成了三份，躺在其他三位书记的桌上，而没在自己桌上。

"啊……看样子昨天它们肯定忙坏了。"灶猫的心跳突然加速，喃喃自语道。

喀哒——三毛猫进来了。

"早上好！"虽然灶猫站起来和三毛猫打招呼，三毛猫却没有理它，而且一坐下就开始抄写资料，看上去一派繁忙的样子。

喀哒——这次是虎斑猫进来了。

"早上好！"虽然灶猫站起来向虎斑猫致意，虎斑猫却根本没看它。

"早上好！"三毛猫跟虎斑猫打招呼。

"早，今天好大的风啊！"虎斑猫也马上翻起资料来。

喀哒——这次是白猫进来了。

"早上好！"虎斑猫和三毛猫齐声和白猫打招呼。

"早，今天好大的风啊！"白猫也立刻投入到工作中。尽管灶猫无力地向白猫行礼，白猫却像没看见一样。

喀哒——

"哇，今天的风好大啊！"黑猫事务长进来了。

"早上好！"三个书记官马上起身行礼，灶猫也低头行礼。

"这根本就是暴风嘛！"黑猫故意不看灶猫，话音刚落就投入到工作中。

"好，今天要继续对阿摩尼亚克兄弟进行调查，才能给出昨天问题的答案。第二书记，阿摩尼亚克兄弟里是谁到南极去的？"大家开始工作了，可是灶猫只能一个字都不说，因为它桌上没有资料。即便它想开口问这是怎么回事，可是喉咙里却发不出声音来。

"是庞·波拉理斯。"虎斑猫答道。

"好，对庞·波拉理斯的详细资料进行一下说明。"黑猫继续说。

啊……这是我的工作，我的资料、资料……灶猫都快急哭了。

"庞·波拉理斯到南极去探险以后，回来的时候在雅兹布岛海域死了，遗体海葬。"

第一书记白猫朗读着灶猫的资料簿。灶猫觉得好无力，好难过，脸颊好酸，却只能坚持着。

办公室里越来越忙了，工作进行得很顺利。大家偶尔会看一眼灶猫，却不开口跟它说话。

到了中午，灶猫也不吃自己带来的便当，只是把双手放在大腿上，一直沉默着。

下午一点，灶猫开始哭泣，一连持续了三个小时，直到黄昏时分。

哪怕是这样，大家依然像没事人一样，开开心心地工作着。

就在这时，尽管猫咪们没有发现，可是森林之王——狮子，却在办公室外出现了。狮子金色的鬃毛在事务长身后的那扇窗户后面出现。

狮子犹疑地观察了好一会儿办公室的情况，忽然敲门进来了。猫咪们可都被吓得不轻，都慌慌张张地在办公室里踱步，只有灶猫马上停止了哭泣，站得笔直。

　　狮子用洪亮的声音说道："你们在做什么？那种鸡零狗碎的事还需要什么地理和历史？解散了！听到没？立刻解散！"

　　这间办公室就这样消失了。

　　我对狮子的想法是持一半的支持的。

要求超多的餐厅

两位身穿英国士兵军服的绅士扛着锃亮的猎枪，带着两头体型庞大的猎犬，踩着沙沙作响的落叶，在深山小道上一边走一边抱怨连连：

"看起来这附近的山里，看不到什么猎物了。假如可以胡乱放几枪，不管打中什么都是好的。"

"如果可以朝野鹿浑圆的黄肚皮上放上几枪，看它圆溜溜地晃悠，最后噗的一声倒在地上，那才有意思呢！"

此刻，他们已经来到地形复杂的大山深处，即便专门给他们带路的向导是个老猎手，此刻也找不到方向了，不知道到了哪里，更何况这里山势蜿蜒，阴森昏暗，更让人觉得可怕。那两头体型庞大的猎犬突然两眼发直，直愣愣地倒在了地上，号叫了一声，就口吐白沫昏死过去了。

"这下我可损失了两千四百元呢。"一名绅士上前查看了下猎犬的眼皮，说道。

"我比你还多，我可损失了两千八百元呢。"另一名绅士抬头，一脸可惜地说。

率先说话的绅士面无血色，一脸沮丧地看着同伴说："我们还是回去吧！"

"也好，我现在身体冷，肚子也饿得咕咕叫，正准备往回走呢！"

"嗯，那今天就到这吧！一会儿回去的时候，记得在昨晚留宿的旅馆买几只山鸡带回去，就当是我们打中的猎物。"

"嗯，好的，最好再买几只野兔，打到的也好，买到的也好，反正都没什么区别。我们这就往回走吧！"

可是迷失了方向的他们，根本就找不到回家的正确方向。

突然刮起来一阵狂风，野草被吹得沙沙作响，树叶也发出哗哗声，大树剧烈摇晃着。

"我肚子好饿啊，小腹也痛。"

"我也一样，我已经没办法再往前走了。"

"确实是的。唉，又冷又饿，如果现在可以找到点吃的就好了。"

"没错，我也想吃东西。"

在沙沙作响的狗尾巴草丛中，两位绅士对话道。

就在这个时候，他们不经意地回头看了一眼，却发现身后有一栋华丽的西洋建筑，大门上还有这样一块招牌：

RESTAURANG

西餐厅

WILDCAT HOUSE

山猫轩

"兄弟，你看，真是要什么有什么。这儿还挺时髦的。我们到里面看看吧！"

"看上去有点奇怪啊，这么偏远的地方怎么可能有西餐厅？可是……算了，不管怎样，总可以找到吃的吧！"

"那是肯定的，招牌上的大字你没有看到吗？"

"那我们赶紧进去吧，我已经快坚持不下去了。"

他们停在正门前。正门是用白色瓷砖砌成的，非常豪华。

一行烫金大字印在敞开的玻璃门上：

　　　　不管什么人都可以随意进入，不需要客气。

"看，果然老天还是有眼的。尽管今天辛苦了一整天，可是运气还真是好啊！这里竟然有一家免费的餐厅。"

"看样子好像真的会免费给我们提供吃的呢！那上面写着'不需要客气'，应该就是不需要付钱的意思。"

二人对视了一眼，然后点点头，大大方方地进去了。入口处有一道走廊，另一行烫金字印在玻璃门的背面：

　　　　本餐厅尤其欢迎发福的年轻人。

见到"尤其欢迎"这四个字，两位绅士更加喜形于色：

"哈哈，我们在这里尤其受欢迎啊！"

"没错，因为我们具备了这两个条件，哈哈哈！"

他们沿着走廊一直往前走，面前又出现了一扇涂着浅蓝色漆的大门。

"这家餐厅看起来有问题啊，怎么这么多扇门？"

"俄式建筑就是这样，寒带和山区的房子也是这样的。"

二人正准备进去，看到了浅蓝色门上的黄色字迹：

> 本餐厅的要求真的超级多，还希望各位谅解。

"尽管位于深山里面，可是这家餐厅看起来客人还真不少呢，真是太罕见了。"

"事实上这也没什么好大惊小怪的。你看东京的那些大餐厅，也不可能开在马路上吧！"

他们就这样边聊边推门进去，突然发现门背面又有一行字：

> 本餐厅的要求真的超级多，还请各位一定要多多忍耐。

"究竟是什么情况啊？"一位绅士的眉头皱了起来。

"可能是因为有太多客人点餐了，菜肴得一段时间才能做好，因此请客人多多忍耐吧！"

"说得没错，那我们赶紧进去吧！"

"嗯，我真想马上就坐到餐桌旁。"

可是，让人扫兴的是，面前又出现了一扇门。门边挂着一面镜子，镜子下面还有一把长柄毛刷。门上有一行红字：

> 敬启诸位顾客，请在此把头发梳理好，并把靴上的污泥刷掉。

"这个要求还算合理。之前在玄关时，倒是我看轻了这山里的餐厅了。"

"你看，这家餐厅多么注重礼仪啊！肯定有不少达官贵人到这来。"

两位绅士按照要求对着镜子把头发认真地打理好，之后又刷去靴子上的污泥。

没想到他们刚把毛刷放回原处，毛刷竟然变成透明的不见了，紧接着吹进来一阵冷风。

二人吃惊不小，互相依偎在一起，手足无措地把门推开，进入下一间房中。此刻，他们只希望早点吃上热乎的饭菜，好让体力有所恢复，安定心神，要不然真的要饿晕过去了。

谁曾想门的背后，又有一行让人惊讶不已的文字：

枪支弹药都寄放在这里。

他们扫了一眼旁边，果然有个黑色柜台。

"这个要求也还算合理，哪有人带着枪支吃饭的呢？"

"果真是大人物时常光顾的餐厅，真是讲究。"

于是二人把弹药都卸下来，把皮腰带解开，放到黑色柜台处。

谁知道又出现了一扇黑门，上面又写着一行字。

敬请摘帽，把大衣和靴子脱掉。

"怎么办，要脱吗？"

"没办法了，脱吧，里面肯定有大人物。"

两位绅士又把大衣脱掉，把帽子摘下来挂到墙壁的衣帽钩上，之后把靴子脱掉，赤脚推开门进去。

门的背面又写着：

请将领带别针、袖扣、眼镜、钱包及所有金属尖锐物品，全部寄存在这里。

一个黑色的精致保险箱就放在门边，箱门是开的，还备有钥匙。

"哈哈，可能是某道菜还带电呢，要是碰上金属，可能会引发危险，尤其是尖锐的物品。因此这行字是在给咱们提醒，对吧？"

"也许是吧，这样说来，用完餐以后，就要在这里结账了？"

"可能是的。"

"应该是这样。"

两位绅士又把眼镜摘下来，把袖扣解下来，把身上所有金属尖锐物品都取下来放到保险箱里面，然后锁好。

他们继续往前走，不久，前面又出现一扇门，门旁边还有一个小小的玻璃壶。和之前一样，上面也有一行字：

请将壶里的奶油涂抹在手脚及脸部。

他们把壶盖打开一看，里面全是奶油。

"为什么要涂奶油？"

"这个嘛……因为屋外温度太低了，而屋里温度又太高，涂奶油可以预防皮肤在忽冷忽热的状态下受损。总的来说，餐厅里肯定有大人物，说不定我们还可以在这里结交到权贵呢！”

他们赶紧按照要求，把壶里的奶油均匀地涂抹到脸上、手上以及脚上。这壶里的奶油还没有用完，他们便装作往脸上涂奶油的样子，偷偷吃了剩下的奶油。见没有人发现，便再次推门进去。转过身来，又在门的背面看到一行字：

奶油都抹好了吗？耳朵也不要忘记哦！

门边还摆着另一小壶奶油。

“啊，还真是，我刚才忘记抹耳朵了，耳朵可不能冻裂。这家餐厅的主人可真是个细腻的人呢！”

“的确是很周到。可是说到这，我现在已经饿得受不了了，要是能快点吃到美味的饭菜就再好不过了。可是这走廊怎么总是走不完啊？”

当他们正抱怨时，面前又出现了一扇门，上面写着数行字：

美味马上就上桌啦。

再有不到十五分钟就可以吃了。

请将金瓶中的香水洒在头上。

一个闪闪发光的瓶子放在门前。

二人赶紧把金瓶拿起来洒到头上。

没料到这所谓的香水，竟然有一股醋味。

“这怎么回事？这香水的气味怎么闻起来像食醋？”

"也许是女侍应生感冒了，还以为食醋是香水呢！"

他们再次推门进去，门背面又有数行字：

对于这么多要求，诸位一定感到厌烦了。

真是很对不起，还请原谅。

最后一个要求：请将全身涂满盐。

他们面前放着一只小巧精致的青色瓷盐罐。两人开始觉得不太对劲，望着彼此涂满奶油的脸。

"这……好像不太对啊……"

"是啊，我也觉得有问题。"

"原来'要求'特别多，并不是说有很多点菜的客人，而是这家餐厅会对客人提出很多要求啊！"

"我觉得这个西餐厅太奇怪了，什么西餐，不是给顾客提供西餐，而是要把顾客当作西餐给吃掉！啊……啊……太恐怖了……咱……咱们俩……"

说话的这位绅士全身颤抖不已，已经说不下去了。

"那……咱……咱们……赶紧逃吧！呜呜……"

另一位绅士也全身像筛糠似的抖动不已，声音中充满了恐惧。

"赶紧……逃！"

他们慌慌张张地去推身后的门，谁知他们用尽了全力，那门依然没有任何动静。

他们只好看向前面，只见走廊尽头还有一扇门，门上有两个超大的钥匙孔，还被雕刻成一对银色刀叉的样子。旁边还有数行字：

> 各位辛苦了。
>
> 饭菜已经都准备好了。
>
> 请进，马上就可以用餐了。

钥匙孔中出现两颗青色的眼珠，正骨碌碌转个不停，向他们射过来一道凶光。

"哇！"

"哇！"

二人吓得魂飞魄散，抱在一起哭泣不已。

这时，有叽里咕噜的说话声从门里传出来：

"不好，还是被他们识破了，他们都不把盐抹在身体上了。"

"是啊，老大太啰唆了，什么'这么多的要求，让您厌烦了'，什么'请多谅解'啦，这么多废话，结果被人识破了。"

"没关系啦，反正我们连一块骨头都分不到。"

"对，可是眼看到手的肥肉就这样跑了，老大可饶不了我们。"

"没错，那赶紧把他们叫住吧！喂，喂——亲爱的顾客，请进，快请进。餐碟已经洗好了，菜叶也抹上盐巴了。只要你们进来和菜叶搅拌一下，马上就可以装到盘子里了。赶紧进来啊！"

"嗯，快请进，快请进！如果二位不喜欢凉拌沙拉，点火油炸也可以，请赶紧进来吧！"

两位可怜的绅士已经快要被吓得晕死过去了，面孔都扭到一起，就如同一团皱巴巴的纸一样，俩人你看我我看你，全身颤抖不已，都没有了逃跑的力气。

从门内传来嘻嘻的笑声，不一会儿，他们又和他们打起了招呼：

"赶紧进来坐啊！不要哭啦，要不然奶油就被冲走了。啊？老大！是，是，美味马上就上桌。喂，你们赶紧进来啊！"

"赶紧啊！老大已经把餐巾围好，刀叉也拿好了，正急切地等着你们上桌呢！那口水流得可长了……"

两位绅士现在只剩下哭了。

就在这千钧一发的时刻，"汪汪汪"的狗叫声从他们身后传来，那两头体型庞大的猎犬破门而入。

钥匙孔里之前还转个不停的眼珠即刻消失了。两头巨犬低吠着，在屋中转了好几圈，突然停止了大叫，用力朝膳厅的大门扑去。大门被猛地一下撞开，巨犬像离弦的箭一样冲了进去。

门内漆黑无比，只听得到一阵阵"喵……汪……呜呜呜……"的声音和沙沙声。

没过多久，整栋西餐厅就消失得无影无踪。身处荒草丛中的两位绅士被冻得直发抖。

他们环顾四周，上衣、鞋子、钱包、领带夹、枪支弹药，还有各种小东西都挂在树枝上，散落在树根上。寒风瑟瑟，野草发出沙沙的声音，树叶发出哗哗的声音，大树也剧烈摇晃着。

两头巨犬发出低低的叫声，跑向他们身边。

身后则有呼喊声传来：

"先生！先生！"

二人顿时来了精神，大声回应道：

"喂，喂！我们在这里，赶紧过来！"

那位给他们当向导的猎人身披蓑衣、戴着斗笠，把杂草拨开，来到他们面前。

两位绅士这才完全放下心来。

他们一口气吃光了猎人带来的饭团，在回去的路上，又花十元买了几只山鸡，平安返回东京。

可惜的是，他们那张被吓得如同皱巴巴的废纸的脸，无论怎么用热水泡，都没办法回到之前的样子了。

老鼠阿赤

有一只叫阿赤的老鼠住在一栋老宅的黑乎乎的天花板上。

某天，老鼠阿赤一边左顾右盼，一边在地板下面的街道上溜达。忽然，迎面跑过来一只黄鼠狼，怀里好像还抱着一堆好东西。看见老鼠阿赤，它停下来飞快地说：

"喂，阿赤，你住的那栋老宅的柜橱破洞里，一下子出来好多金米糖，你赶紧去看看！"

老鼠阿赤兴奋极了，来不及向黄鼠狼道谢，便匆忙奔向柜橱那边。

可是当它跑到柜橱下面时，忽然被某个东西扎了下脚底，随即一个尖厉的声音在耳旁响起：

"站住，来者何人？"

老鼠阿赤吃惊不小，定睛一看，原来是蚂蚁。在金米糖周围，蚂蚁军团已经设置了四重禁区线，每个人都把黑色的板斧握在手中。其中二三十只蚂蚁正合力捣碎一块金米糖，准备运回蚂蚁穴。阿赤害怕得直发抖。

"赶紧走开，不要靠近这里！"蚂蚁特务曹长^①用粗哑的声音叫道。

老鼠阿赤原地转了一圈，快速跑到了天花板上面。它在窝里躺了一会儿，总觉得不是滋味，觉得太没趣了。它又想到，再怎么说，蚂蚁是大军团，不能当面冲撞，只能躲得远远的，可是黄鼠狼竟然哄骗自己跑到柜橱下，被蚂蚁曹长训了一顿，实在太让人生气了！于是，老鼠阿赤又从窝里钻出来，来到小木屋深处的黄鼠狼家。

"怎么了？你没捡到金米糖吗？"

"黄鼠狼先生，你真是欺人太甚，竟然欺骗我这样的弱者！"

"我没有骗你啊！确实有啊！"

"有是没错，可是蚂蚁已经先去了！"

"蚂蚁？是吗？它们动作好快！"

"都被蚂蚁搬空啦。你怎么能欺骗我这样的弱者呢，真是的，你必须补偿我。"

"这种情况我也没办法啊，你去得晚了点。"

"我不管，我不管，你欺骗我这样的弱者，就应该补偿我。"

"你这个家伙真是太不讲道理了，真是好心被当作驴肝肺。算了，我把我的金米糖给你作为赔偿吧！"

"赔我，赔我！"

"好了，好了，拿去吧，你想拿多少都可以。像你这样无能又啰唆的家伙，我真是没脸看。赶紧拿好了滚！"黄鼠狼气极了，把金米糖扔到阿赤脸上。阿赤尽可能捡了好多金米糖，然后朝黄

---

① 日本特有军衔，相当于上士。——译者注

鼠狼行了个礼。黄鼠狼更加气愤了，冲他大叫道：

"嘿，赶紧滚吧。你挑剩下的，是没有人会要的。"

老鼠阿赤快速溜回天花板上的窝里，高兴地吃起金米糖来。

这件事过后，大家都越发不喜欢老鼠阿赤了，都不怎么搭理它。阿赤没办法，只好和柱子、坏掉的簸箕、水桶、扫帚等打交道，其中和它关系最亲密的要数柱子了。

有一天，柱子对老鼠说：

"阿赤先生，冬天眼看就要到了，我们又要被冻成一团。你还是抓紧时间把被褥准备好吧！我真是太幸运了，头顶上竟然有麻雀春天留下的很多羽毛和其他保暖的东西，你拿过去准备冬天御寒吧！尽管我的脑袋会有点冷，不过没关系，我会想到其他办法的。"

老鼠阿赤觉得它说得很有道理，于是开始搬运。

可是，中途有一个很陡的坡，阿赤一连摔了三跤。

柱子被吓得不轻："阿赤先生，你没事吧，有没有受伤？"它把身子尽力弯下来问道。

老鼠阿赤费尽九牛二虎之力才爬起来，眉头皱得紧紧地说："柱先生，你真是太过分了，竟然陷害像我这样的弱者。"

柱子觉得很愧疚，不停地向它道歉："阿赤先生，很抱歉，请你原谅我！"

谁知道老鼠阿赤不依不饶，说道：

"怎么原谅啊？就是因为你出的坏主意，我才会受这种罪。你要弥补我，弥补我，赶紧弥补我！"

"你说这些话，我真的不知道该如何是好，请原谅我吧！"

"不行，我生平最憎恨的就是欺负弱小的人，你一定要弥补我才行。"

柱子不知道如何是好，伤心地哭了起来。老鼠阿赤只好回到窝里。自那以后，柱子也害怕了，再也不和阿赤打交道了。

后来又有一天，簸箕给了老鼠阿赤半块豆馅糯米饼，结果第二天，阿赤患了腹痛。于是阿赤又和之前一样，不停地对簸箕说："你要弥补我。"簸箕也被吓得不轻，从此以后不再和阿赤打交道了。

接下来又有一天，水桶把一些洗涤用碱的碎块给了老鼠阿赤，说："明天早上，你就用这个洗脸吧！"

老鼠阿赤高兴极了，从第二天开始，就每天用碱洗脸。可是没过多久，它就掉了一些胡子。阿赤赶紧跑去找水桶，要它弥补自己的损失，整天不停地念叨"弥补我"。可是水桶没办法弥补它啊，只好哭着请它原谅自己。自那以后，水桶也对阿赤爱搭不理了。

工具伙伴们接二连三地遇到相似的事情，都吸取了教训，不管谁看到老鼠阿赤，都离它远远的，不和它打交道。

可是还有一位工具伙伴从来没有和老鼠阿赤打过交道。

那就是捕鼠笼，它是用铁线编织成的。

捕鼠笼原本应该和人类是朋友的，可是翻看最近的报纸，我们不难发现，它们被和猫咪一起当成处理品出售。哪怕没有这样的事发生，人们对这个铁线捕鼠笼的态度也一直不太友好。是的，确实如此，而且，大家即便是和它碰一下，都会嫌弃它。因此现实情况是，相比对人类，捕鼠笼更喜欢老鼠。可是，大部分老鼠依然对它心生畏惧，离它远远的。捕鼠笼天天都温柔地叫着：

"小老鼠们，赶紧来啊，今天有美味的竹荚鱼鱼头吃。当你们吃的时候，我会把鱼头摁住的。嗯，放心吧，我不会把笼门'啪'的一声关上的。我已经很讨厌人类了。过来吧，快来吃吧！"

可是老鼠们要么说"哎哟，你就只是说得好听而已"，要么就说"哦，知道了，可是我要和老爹再商议一下"，之后就跑得无影无踪了。

到了早上，一个脸色红润的男佣过来看了看情况："又是一场空啊。看来老鼠们都学聪明了，它们是上了老鼠学校吧？只好再试试看了。"边说边换上了新饵料。

当晚捕鼠笼又开始叫：

"过来吧，过来吧，今天是非常好吃的鱼肉山芋糕哦。只是请你吃的，一点危险都没有，赶紧来吧！"

老鼠阿赤正好路过。"哎呀，捕鼠笼先生，您真的只是请我吃吗？"它问道。

"哎呀，你这只老鼠可真是少见呢！是的呀，赶紧过来，只是请你吃。"

老鼠阿赤嗖的一下就钻到里面，将鱼肉山芋糕全部消灭干净之后又快速钻出笼子。

"真是太好吃了，谢谢你。"

"是吗？那真是太棒了，欢迎明天晚上再来。"

次日一早，男佣过来一看，非常气愤地说，"嘿，吃完食物就跑了，这老鼠也太狡猾了。不过总算有进过笼子的了。好，今天放沙丁鱼。"

说完，男佣把半条沙丁鱼饵料放上去就走了。

捕鼠笼把诱饵挂好，等着老鼠阿赤的光临。

到了晚上，老鼠阿赤立马出现了。他用一种高高在上的口气说：

"今晚，我可是准时来的哟。"

尽管捕鼠笼有些生气，可还是没有发作，只是说："来吧，来吃吧！"

老鼠"嗖"地一下钻到笼里面，把沙丁鱼吃了个干净，又呼哧一下钻出来，之后高傲地说：

"那么，明天我再来帮你吃噢。"

"嗯。"捕鼠笼答道。

次日一早，男佣又过来看了看，更加气愤了。

"嘿，这老鼠也太精明了，可是怎么可能每晚都吃得这么顺利呢？看来这个捕鼠笼肯定得了老鼠的好处。"

"不，没有，不要小看我。"捕鼠笼大叫道。当然，它的喊声男佣是听不见的。

男佣放了一块腐臭的鱼肉山芋糕就走了。

捕鼠笼被无端猜疑，一整天都气呼呼的。

到了晚上，老鼠阿赤再次出现，摆出一副很不情愿的样子说道："哎呀呀，我天天都要到这里来，真是不太舒服，而且吃得最多也就是鱼头什么的，都吃够了。可是怎么办呢，既然来都来了，就帮忙吃了吧。捕鼠笼先生，晚上好！"

捕鼠笼气愤地紧了紧身上的铁线，勉为其难地答应了一声："吃吧。"

老鼠阿赤飞快地钻到笼里面，却看到今天的食物是腐臭的鱼肉山芋糕，顿时气得大叫：

"捕鼠笼先生，你太过分了，这是什么食物呀，你怎么能欺骗我这样的弱者呢！真是太过分了，你要弥补我，赶紧弥补我！"

捕鼠笼气得浑身发抖，全身的铁线都绷得直响。

这下不好了！

"咔嗒，砰！"悬挂诱饵的开关松了，捕鼠笼的门也随之合上了。

哎呀，这下彻底完蛋了。

阿赤疯狂地大叫："捕鼠笼先生，过分，你太过分了，你怎么能这样呢？呜，捕鼠笼先生，你太过分了！"

它边哭喊边胡乱咬着铁线，急得直转圈，连连跺脚，哭闹不已。

虽然是这样，可是到了最后，它连"弥补我，弥补我"这样的话都说不出来了。捕鼠笼也很难受，身上疼得厉害，全身上下颤抖不已。

闹腾了一晚上，天终于亮了。

一个脸色红润的男佣来了，他兴奋地叫道，"成功了，成功了！终于把你这只坏心眼的老鼠抓到了，赶紧出来吧，小东西……"

丝柏与丽春花

　　风中摇曳着一片鲜红的丽春花，看上去呼吸好像不是太顺畅。她们身后的一株年轻的丝柏也被风吹得不成样子，可是依然昂首屹立。他对丽春花们说：

　　"你们看起来和红色的帆船真是太像了，只是现在遇到了暴风雨而已。"

　　"啊，你在胡说什么？我们可不是帆船！笨蛋丝柏，傻瓜！"丽春花们异口同声地叫道。

　　"看对面那家伙，脸红扑扑的，就像刚出炉的铜制品呢！"

　　"真是的，太阳怎么可能是刚出炉的铜制品呢！傻瓜！"丽春花们又齐声叫道。

　　就在这时，太阳做了几次深呼吸，就和琉璃色的群山融为一体了。

　　风刮得越来越猛，丝柏被吹得摇晃个不停，就像青黑马的尾巴一样。丽春花们则像得了热病一样，对着南风小声说着什么。可是风儿完全不管她们的感受，快速向远方刮去。

　　终于，丽春花们不再闹腾了。四座带点青白色的云峰并排耸立在东方天空。

年纪最小的那朵丽春花喃喃自语道：

"啊，真是太无聊了，看来一辈子都要合唱了。假如能让我当一回大明星，即便要我明天死去，我也心甘情愿。"

旁边一朵略带黑斑的丽春花马上接着说："我的想法和你一样，反正明天也会死，还不如风风光光地当一次明星呢！"

"哎呀，即便不是明星，可以像你那么美，我也心满意足了。"

"哪里的话，我这么普通，尽管比你好了一点，可是跟苔库娜根本没法比。无论是穿着蓝色背心的牛虻先生，还是身穿黄色条纹服的蜜蜂，都是最先飞到苔库娜那边。"

这时，恶魔在对面的向日葵花坛中变身成了小青蛙，把贝多芬所穿的那种蓝色大礼服穿在身上，乘着乱风牵着自己弟子化身成的、比新月还要优雅的玫瑰花小姐的手。

"哎呀，是我们走错方向了，还是地图引导的问题？失败，真是太失败了。呃，我去问一下，请问，教美容术的地方在哪里？"

丽春花们看到玫瑰花长得这么美，都惊叹不已，再加上听到美容术三个字，都不由得心头一颤。可是因为害羞，没有人说话。化身成青蛙的恶魔对玫瑰花小姐说：

"哎呀，这一带的丽春花都听不见吗？否则的话，就是一群无知的家伙。"

变身成玫瑰花小姐的恶魔弟子把嘴巴噘得高高的，顺从地点了点头。

丽春花女王苔库娜大着胆子问道：

"你有什么事吗？"

"啊，这个嘛，我只是想问问，怎么才能去美容院？"

"真是太不巧了，我们不知道，你确定是在这附近吗？"

"肯定啦！你看这个女孩子，之前长得可奇怪了，都快把我愁死了。后来美容院助手给她施行了美容术，如今才长得这么好看。明天我就要把她带到纽约去了，因此今天是去美容院向医生表示感谢的。再见啦！"

"啊，请稍等。那位做美容术的医生，对出诊的地方有限制吗？"

"大概没有吧！"

"如果是那样的话，就请您帮忙带个话，麻烦他到我们这来一趟可以吗？"

"这样啊……可是我并不师从那位医生啊……总之，好吧，我帮你们说一声。我们走了，再见！"

恶魔牵着弟子的手离开了。刚一走到对面堤坝的阴影中，他就挤眉弄眼地说：

"我们就在这分手吧，你回去把圆白菜、鲫鱼和灰放在一块儿煮好。这次我要化身成医生了。"说着就变身成了一个白胡子的矮个子医生。恶魔的弟子也化身成一只大麻雀，扇动着翅膀消失了。

东方的云峰越发白了、高了，这时已经抵达苍穹的顶点。

恶魔急匆匆地来到丽春花所在地。

"呃，他说的应该就是这里吧？可是这里都没有门牌号，我要怎么找呢？去问问吧……请问，丽春花们在哪里住啊？"

机灵的苔库娜心脏跳得飞快，同时镇定地说：

"那个……我们就是丽春花。您是谁？"

"噢，我就是之前你们托人带口信给我的那个医生。"

"很抱歉，我们这里没有椅子，请您来这边。请问，我们可以变得漂亮一点吗？"

"这个当然没问题，只需要服三次药，就可以变得和刚刚的玫瑰花小姐一样好看了。可是……这个药不便宜啊！"

丽春花们瞬间变了脸色，发出重重的叹息声。苔库娜问道："究竟要多少钱呢？"

"这个嘛，每人五比尔。"

丽春花们都不作声了。变身成医生的恶魔捋了捋下巴的胡子，抬头看着天空。云峰慢慢消退，金光闪闪，倾泻至北方。

丽春花们仍然没有出声，医生也依然捋着胡子，一眼望过去，花坛已经变得不再清晰。这时风吹了过来，丽春花们开始躁动不安。

医生的眼珠骨碌碌地转了一圈，马上又回到刚刚沉默的状态。

就在这时，年纪最小的丽春花，像是下了很大决心似的说：

"医生，尽管我身上没有钱，可是再过一段时间，我头上就会长出'鸦片'①，到时我可以把'鸦片'给您。"

"噢，'鸦片'啊，好像我有点吃亏呢！不过，算了，反正我做药时也少不了'鸦片'，好吧，成交！可是你们要签契约才行。"

其他丽春花听到也纷纷叫起来：

"也麻烦您帮帮我，请您一定要答应。"

医生装出一副很难办的样子，皱眉思考了一会儿，之后说：

---

① 尽管丽春花是罂粟科，可主要用于庭院栽培，以作观赏之用，并不能从中提取鸦片。

"那好吧，就当我做好事了。来吧，都来签契约。"

"完蛋了，我不会写字啊！"当丽春花们有这样的想法时，恶魔医生从包里把一沓印刷好的契约拿出来，然后笑着说：

"当我快速翻动这沓契约时，你们就齐声说：'我们愿意献上'鸦片'。'听懂了吗？"

丽春花们都连连点头，示意听懂了，于是医生站好后开始说：

"开始了，唰唰唰……"

"我们愿意献上'鸦片'。"

"可以啦！接下来要吃药喽。一服、两服、三服。我先把第一服的咒语吟唱出来。唱完以后，会有红色的涟漪在周边的空气中荡漾，到时候你们用力把涟漪吸进去就可以了！"

恶魔先生一说完，就用奇怪的腔调吟唱起怪异的咒语：

"红色光芒照耀正午的草木土石，请速速汇聚，浮于万物之上吧！"

刹那间，原本浅黄色的空气里有红光闪现，汹涌飘荡，变成一层层涟漪。丽春花们都渴望自己变成最美的那一个，都忙着吞吸风吹送的涟漪。

恶魔医生一脸严肃地看着眼前发生的事情，当红色涟漪都消退以后，他才接着说道：

"接下来是第二服。黄色光芒照耀正午的草木土石，请快速汇聚，浮于万物之上吧！"

刹那间，空气中出现了蜜色的涟漪，丽春花们再次开始用力吞吸着。

"接下来是第三服。"医生正准备开口吟唱咒语，忽然……

"喂，那位医生，赶紧停下那些奇怪的咒语，这里是圣·乔凡尼大人^①的庭院！"丝柏大叫道。

就在这时，一阵狂风吹来，丝柏又大叫道：

"喂，假冒的医生，站住！"

医生一下子不知如何是好，就像烽火一样，"唰"的一声站起来，变成一团黑烟飘向了远方。他的脚尖变得像尖锐的起钉器那样，黑色的出诊包也随即化作青烟消失了。

丽春花们大吃一惊，都一脸惊讶地看着天空。

这时丝柏说道：

"好险，你们的脑袋差一点就搬家了。"

"那又如何？真是喜欢多管闲事的丝柏。"

全身已经变得黑漆漆的丽春花们气愤地说。

"我才不喜欢多管闲事呢，如果你们头顶的罂粟果实被吃掉的话，不仅你们会变成光头，而且到了明年这片土地就会长满野草。更何况，连明星是什么你们都没有搞清楚，还一个个想当大明星！事实上，明星指的是天空的星辰大人。看，那边已经有一位了。再过一会儿，星辰大人们就会把整个天空都占满。对了，不是还有个叫'群星荟萃'的词吗？就是指星星布满天空时的样子。总的来说，双子星大人在双子星座的位置，狮子星大人在狮子星座的位置，星星们都在各自的位置上，根据规定的亮度闪烁。群星荟萃正是如此。说到底，你们想当明星，竟然和明星长得一样呢！你们也是'群星荟萃'呀，因为有句名言是这样说的，你们听好了——'天上之花叫作星星，地上之星叫作花。'"

---

① 即基督教中耶稣十二门徒之一的圣约翰。

"什么呀！笨蛋丝柏！即便是变成光头，我们也心甘情愿。更何况还要听你那些奇奇怪怪的论调，人家恶魔的声音比你要好听一百倍。哇，哇，真是个多管闲事的傻蛋！"

丽春花们依然很生气。

可是，她们的脸已经完全变黑了。云峰消散，变成牛的形状。天空中群星荟萃，闪耀出耀眼的星光。

丽春花们都安静下来。

丝柏依然安静地仰望着暮色的天空。

西边天际光芒慢慢收敛，东边临风慢慢消散，又出现了一颗银星，狡猾地眨着眼睛。

水仙月第四日

雪婆婆离家去了很远的地方。

雪婆婆长着一对猫耳朵，头发灰白凌乱，从西边山脉上空那闪耀的云层越过去，走向遥远的天之边。

一个小孩用红色的毛毯把身子包裹住，经过和大象头很像的雪丘山脚下，此刻，他脑海中只剩下糖果，一边想着一边快速赶回家。

"嗯，只要将报纸卷成筒状，轻轻一吹，就可以引燃木炭，燃起青色的火苗。这时候放一把红糖、一把粗砂糖到熬糖的锅里面，然后加水进去，用慢火慢慢熬就可以了。"

孩子一边回想着熬糖的顺序，一边步履匆匆地飞奔至家的方向。

远方冰冷的空气中，悬挂着持续燃烧的太阳，发出刺眼的白色强光。强光四散开去之后又照射在大地上。积雪铺满了寂静的山冈，被照得如同一块闪耀的雪花石膏板。

两只吐着血红的舌头的"雪狼"[①]，在和大象头很像的雪丘上

[①] 这里的雪狼喻指暴风。

出现。仅凭肉眼，人们想要发现它们是很难的，可是当起狂风时，它们就会踏着扬起的雪云，从高冈边缘的雪地出发，穿梭在空中。

"嘘！跑慢一点！"一个小脸透亮的雪童子，戴着一顶帽檐朝后的白熊皮三角帽，缓缓跟在"雪狼"后面。

"雪狼"们转过身，围着雪童子晃头晃脑地转了一圈，又吐着血红的舌头向前奔跑。

> 仙后星座呀，
> 水仙花即将开放；
> 快点去嘎吱嘎吱地，
> 摇转你的玻璃水车。

雪童子抬头看天，对着看不见的星星大叫。青色的光芒从蓝天中缓缓落下。"雪狼"们飞快地跑到很远的地方，停下来吐着血红的舌头，不停地喘息着。

"嘿，回来！赶紧回来！快点！"雪童子边跺脚边大声责骂。原本他的影子在雪地上倒映得很清晰，霎时变成了闪烁的白光。"雪狼"的耳朵竖得高高的，疯也似的跑回来。

> 仙女星座呀，
> 马醉木之花马上就要开了；
> 快些去扑哧扑哧地，
> 喷洒你灯中的酒精①。

---

① 马醉木的花朵，外形像酒精灯，仙女座星云则被比作酒精灯中的火焰。

雪童子像风一样登上和大象头很像的雪丘，风把积雪吹成贝壳的模样，一棵高大的栎树耸立在雪丘最高处，上面结满了槲寄生的金黄色果球。

　　"去把它摘下来！"雪童子一边爬向丘顶，一边发号施令。看见主人的小牙齿闪着光芒，一头"雪狼"马上像皮球一样弹起来，爬到树干上，咔嚓一口，歪着脖子就把结满红色果实的小枝条咬住了。它的身子在树上悬挂着，不停甩着头，雪地上倒映着它那又长又大的影子。不久，绿皮黄心的槲寄生树枝就被它咬断了，正好落在了刚刚爬上来的雪童子脚下。

　　"谢谢。"雪童子把眼前的树枝捡起来，遥望着前方白雪和蓝天映衬下的原野间的美丽村庄出神，河水波光闪闪，一缕白烟在车站上方升起。雪童子看着雪丘山脚，之前那个裹着红色毛毯的孩子正行走在狭窄的雪道上，匆忙跑向山中家的方向。

　　"昨天，那孩子拉了整整一雪橇的木炭到村里去，一定买了砂糖，现在一个人回去了。哈哈。"雪童子一边笑，一边把手里的树枝扔向孩子。树枝像子弹一样射出去，正好落到孩子面前。

　　那孩子吃惊不小，蹲下去把树枝捡起来，茫然地望着四周。雪童子笑着挥动皮鞭，用力甩了个响鞭。

　　顷刻间，纷纷扬扬的白雪从晴空万里的天空中落下，山下平原中原本被积雪、金色的阳光、褐色的柏树所组成的美妙的美景，在雪花的装饰下更加动人。

　　孩子一手拿着树枝，一边继续向前奔跑着。

　　当这场雪停下来以后，太阳好像又向更遥远的天边飘去了，燃烧着耀眼的白色火焰。

与此同时，一阵冷风从西北方刮来。

顿时，天空失去了温度，似乎有谁扳动了东面靠海的遥远对岸的天空的开关，发出细不可闻的"咔嚓"声。一群来路不明的小玩意儿，陆陆续续穿过变成一面明镜的太阳。

雪童子把皮鞭夹在腋下，抱紧双臂，把嘴唇咬得紧紧的，一动不动地盯着风吹来的方向。"雪狼"们也抬头，把脖子伸得长长的，看向相同的方向。

风越来越大，足下的积雪纷纷流向后方。不消片刻工夫，对面的山顶上就好像升起一股白烟，西边的天空转瞬间变暗了。

雪童子的双眸像灼烧一样发出冷光。天空变成雪白，呼啸的北风似乎要把大地撕裂，像粉末一样的细雪纷纷飘落。天地间一片苍茫，处处是纷飞的雪花，已经分不清哪是云哪是雪。

雪丘的凸起处，像是被碾压的嘎吱声响起，地平线与村庄都在昏暗的云雾中消失了，只能隐隐约约看到伫立在雪地中的雪童子的白色身影。

寒风呼啸，奇异的呵斥声在风中响起：

"呼！抓紧干活！赶紧下雪，快下！呼呼呼！呼呼呼！快下雪，快飘雪！不要这么磨蹭！都这么忙了，还敢偷懒？呼！呼！我还专门派了三名助手过来了，快下雪！呼！"

雪童子瞬间像被雷电击中一样，一跃而起，是雪婆婆回来了！

"啪！"雪童子再次扬起皮鞭，"雪狼"们快速跳起来。雪童子的脸色很难看，嘴唇抿得紧紧的，头上的帽子早就不翼而飞了。

"呼！呼！好好干活，不准偷懒！都加油干啊！今天是此地的水仙月第四日。大家加油！呼！"

雪婆婆那一头蓬松湿冷的白发在风雪中卷曲成了旋涡状，持续奔向眼前的乌云中，她那尖尖的耳朵和那发光的金黄色眼眸也露了出来。

雪婆婆从西面的原野中带来了三名雪童子，个个面无血色，把下唇咬得紧紧的，彼此间也不交谈，只是用力挥舞着手里的皮鞭，不停地奔跑着。雪丘、天空和云雾，全都融为一体了，只有雪婆婆的斥责声、雪童子们挥舞皮鞭的声音，以及在雪中跑来跑去的九头"雪狼"的粗重的喘息声在耳边响起。在这杂乱的声音中，雪童子好像听到之前那个孩子在哭，这哭声好像被吞没在了呼啸的风雪中。

雪童子的双眼再次有光芒闪烁，他伫立在那里认真思考了一会儿，之后拼命甩响皮鞭，奔向孩子所在的方向。

可是雪童子的方向跑偏了，一直跑到最南边的黑松山去了。他把皮鞭夹在腋下，侧耳聆听：

"呼！呼！不准偷懒！赶紧下雪！下啊！赶紧下！呼！今天是水仙月第四日！呼！呼！呼！呼呼呼！"

孩子响亮的哭声又夹杂在暴风雪中隐约传来。雪童子径直奔向孩子所在的方向。半道上，雪童子脸庞掠过雪婆婆那头蓬松的长发，让人胆战心惊。身裹红色毛毯的孩子正在山岭上的雪地里遭到狂风的肆虐，双足遭到雪的掩埋。他的身子歪斜着，一手撑着雪地，哭着想站起来。

"用毛毯把头蒙住，弯腰！别动！用毛毯把头蒙住，弯腰！别动！呼！——"雪童子边朝孩子跑过去，边大叫道。可是雪童子的喊声在那孩子听来，只是一阵阵风声而已，孩子也看不到雪童子。

"脸向下趴着。呼——不要动，暴风雪不会持续很久的，用毛毯把头蒙住，趴下。"雪童子边跑边大叫道。可是那孩子依然听不到，依然奋力挣扎着，想站起来。

"趴下，呼！别说话，脸向下趴着。今天不是太冷，不会把你冻坏的。"

雪童子再次跑过来，叫得很大声，可是那孩子仍然抖抖地想站起来。

"趴下啊，怎么听不懂话呢！"无奈之下，雪童子只好来到孩子正面，孩子立刻倒了下去。

"呼！用力下雪！不能偷懒！加油！呼！"

雪婆婆飞到雪童子身边，她那咧到耳根的紫红色大嘴巴和利齿在风雪中若隐若现。

"奇怪，那里怎么有个小孩？嗯，把他给我抓过来。水仙月第四日，拐走一两个人根本不是事。"

"好的，快去死吧！"雪童子先再次有意把孩子撞倒，之后小声对他说："趴下，别乱动。千万不要动。"

"雪狼"们疯了似的在周围转圈，雪云间隐约可以看到黑色的爪印。

"非常好，非常好，就这样拼命下！都不许偷懒！呼呼呼！呼呼呼！"雪婆婆命令完，又向别的地方飞去了。

那孩子又想站起来。雪童子再次微笑着撞倒他。这时天地已经归于黯淡，其实才下午两点多，却如同日落时分一样。小孩太累了，不再努力想要站起来了。雪童子笑着把红色毛毯拉过来，帮孩子盖好。

"睡吧，睡吧，我给你多盖几床厚棉被，这样你就不冷了。

今晚你就好好睡吧，一觉睡到明天早上，做个美美的梦吧！”

雪童子把厚厚的雪铺到孩子身上。不久，红色毛毯就在雪地上消失了，孩子身上的雪和四周的积雪一般高了。

“他手里还攥着我给的槲寄生树枝呢！”雪童子喃喃自语道，忽然有想哭的冲动。

“好好干！今天得干到深夜两点才能休息。这可是此地的水仙月第四日呢！不准偷懒！下啊，赶紧下！呼！呼！呼呼呼！”

来自远方的狂风，把雪婆婆的厉声督促送了过来。

在灰色层层叠叠的乌云中，暴风雪就这样不停地下啊，下啊，直到傍晚，直到深夜。等到天亮时分，雪婆婆从南向北开始狂奔，同时大叫道：

“好了，你们可以休息了。我马上要到海的那一边去，你们不用跟着我。现在好好休息一会儿，这样下次工作才有力气。这次的成绩不错，终于把水仙月第四日完美度过了。”

在黑暗中，雪婆婆的双眸闪动着蓝色的奇特光芒，她蓬松的长发卷曲着，嘴唇抿得紧紧的，向东方飞去。

原野上的山丘似乎放松了一些，青白色的光芒闪耀在雪地上。天空已经转晴了，桔梗色的天幕中满是眨巴着眼睛的星星。

这时雪童子们才找到机会，带上自己的“雪狼”，相互交谈起来。

“这么大的雪还是第一次见呢！”

“是啊。”

“我们再见面是什么时候？”

“这个谁知道呢！可是今年可能还要再下两次。”

“真想早点回北方去。”

"是啊。"

"刚刚那个孩子不会死了吧?"

"没有,只是睡着了而已,等明天我会在那里做个标记。"

"走,先回去吧!我们必须在天亮前赶回去。"

"好的,可是我一直很疑惑的是,那是仙后座的三颗星吧?都发的是蓝光。为什么它们一直燃烧,雪却越下越大呢?"

"这其中的原理就类似电制作棉花糖。你看,它一直转个不停,这样粗砂糖才能变成软绵绵的棉花糖,因此烧得越旺当然越好。"

"原来是这样。"

"那么,再见!"

"再见!"

九头"雪狼"跟在三名雪童子后面,走向西面。

东面的天空不久就出现了淡淡的黄光,接下来琥珀色的光芒又开始闪现,最后金色的火焰开始燃烧。山丘和原野都被一层晶莹的积雪覆盖了。

"雪狼"们跑累了,都趴在雪地上休息,雪童子也坐下来休息。他的脸红得像苹果一样,呼出的气息都是清甜的。

太阳已经升得老高了。今天的阳光有若有若无的青色闪现,显得特别美丽。雪地上洒满了玫瑰色的日光。"雪狼"们都张开大口站了起来,舌头就像炽烈灼烧的青色火焰一样。

"嗯,都跟我走。现在已经是早晨了,我们要去把那孩子叫醒。"

雪童子径直奔向咋天孩子被雪覆盖的地方。

"赶紧来,帮我扒开雪堆。"

"雪狼"们用后腿不停地刨着雪堆。被踢开的雪被风扬得高高的，向远方飘去。

这时，从远处村子里快步走过来一个脚穿雪套鞋、身披毛皮大衣的人。

"好了，醒来吧！"雪童子已经看到红色毛毯的一角，便大叫道："你父亲来了，你赶紧醒吧！"边叫边快速朝后面的山丘上奔去。

那孩子的身体好像动弹了一下，身穿毛皮大衣的人快速奔向孩子。

大提琴手歌修

歌修①是镇里无声电影院乐团的大提琴手，可是他的琴艺遭到大家的诟病。事实上，他的琴艺不仅很糟糕，而且在整个乐园中，他的水平还是垫底的那一个，为此他总是遭到乐团指挥的训斥。

一天午后时分，乐团成员都在电影院后台围成一个圈坐着，排练贝多芬的《第六交响曲》。在镇里举办的音乐会上，他们要表演的曲目就是它。

小号使劲吹着。

小提琴奏出的双声部旋律非常优美。

黑管嗡嗡的和曲调律动。

歌修也把嘴唇抿得紧紧的，眼睛睁得老大，直勾勾地盯着乐谱看，专心致志地拉着大提琴。

突然，乐团指挥拍了下手掌，大家马上把乐器放下来，停止了演奏。全场顿时安静下来。

指挥气愤地叫道：

---

① 源于法文"gauche"，即笨拙、不擅长交际、技艺不高。——译者注

"大提琴落后了。咚嗒嗒，咚嗒嗒，从这里开始再来一遍，开始！"

于是大家又从前几个小节开始重新演奏。歌修的脸涨得通红，冷汗直冒，小心翼翼地拉着，终于没在之前被批评的地方出问题。他心里的一块大石头刚落地，继续拉着之后的小节，没想到指挥又突然拍了下手掌。

"大提琴，弦没调好，走音了！真是的，我哪有时间教你音乐基础！"

大家都替歌修感到害羞，有的有意把头低下去看谱，有的摆弄着手里的乐器。歌修赶紧对琴弦进行校正。尽管歌修自身也有问题，可是这把大提琴也有很多问题。

"好，从停下来的前一节开始，再来一遍！"

大家继续认真演奏。歌修的嘴唇抿得紧紧的，专心致志地拉着。这次很长一段都没有出问题，当大家正慢慢进入状态时，指挥又用力拍了下手掌。歌修心下一凉，还以为自己又出错了。幸好这次是另一个人犯猎了。歌修也像自己犯错时其他人的表现一样，假装低头看乐谱，装作在想问题的样子。

"从下一小节开始，再来！"

大家才演奏没多久，指挥却突然开始跺起了脚，大叫道：

"不行，太差了！这部分是乐曲的高潮，是最吸引人的地方，可是你们的演奏太没有激情了。各位，还有十天就要正式演出了。我们都是职业演奏家，假如在那些由铁匠、糖果店学徒组成的业余乐团前面败下阵来，那我们可就都没脸啦！因此，千万不能输给他们。还有，歌修，你的问题很严重，我究竟要拿你怎么办才好呢？你的音乐里完全没有感情，一点都没有，根本没有表现出什么喜怒哀乐，而且相比其他人，你的节奏总是慢半拍，一直都是你在拖大家的后腿，就像你的鞋带一直没有系紧一样。这样是不行的，你一定要加油赶上来。我们这个金星乐团一直以来都名声在外，假如因为你让大家遭到批评，我们所有人脸上都无光，而且你也会没脸面对其他人。好了，今天就先排练到这吧，大家先休息一会儿，六点整准时到乐池里面去。"

大家向指挥行过礼以后，要么点燃一根香烟，要么自行离开。歌修把做工粗劣、像破箱子一样的大提琴抱在怀里，面对着墙壁坐着，嘴唇抿得紧紧的，眼泪哗哗地流。哭过以后，他又强迫自己打起精神来，一个人默默地又拉了一遍刚才的乐曲。

当晚，歌修把那个黑漆漆的大家伙背在身上，直到很晚才回家。说是家，事实上就是位于镇郊小河边的一间水车小屋，而且还是因为故障而被闲置的。歌修一个人住在那里，一般情况下，他每天上午都会先到小屋旁的菜地里去，把番茄枝修整一下，给甘蓝菜除虫，等晌午过后才出门。

歌修进屋以后，先把电灯打开，之后快速把装着傍晚排练时用的那把破旧的大提琴的黑色大包袱解开。他小心翼翼地把琴放到地上，从架子上拿了个杯子下来，接满一杯水，痛快淋漓地喝了下去。

之后他甩甩头，拉了一把椅子坐下来，用磅礴的气势，再次把白天排练时的乐曲拉了一遍。他边拉边翻乐谱，还时不时停下来想一想，想完以后再继续拉。第一遍拉完以后，他又从头来了一遍，反复拉了好几遍。

直到过了午夜，歌修已渐渐分不清自己是不是还在拉琴。他的脸变成了紫红色，双眼布满血丝，面色非常难看，似乎随时会晕过去。

这时，他身后响起"咚咚"的敲门声。

"是霍休吗？"歌修神志不清地问道。谁知道进来的却是一只曾经在小菜地和他见过五六次的大花猫。

大花猫把一堆从歌修的菜地里摘来的还没有成熟的西红柿捧到他面前，说：

"真是太累了，搬东西可真不简单。"

"你说什么？"歌修还如坠云里雾里。

"没什么，请你品尝。"大花猫说。

歌修攒了一天的怒气终于找到了发泄口。他大骂道：

"哪个不要命的叫你把西红柿拿来的？难道我会吃猫带来的食物吗？更何况，这些西红柿原本就是我种的。你竟然把还没有熟的西红柿摘过来。之前，肯定是你在菜地里啃西红柿茎，也是你把菜地弄得一团糟。滚，赶紧滚！你这只死猫！"

大花猫把身体缩成一团，把眼睛眯成一条缝，笑着说：

"先生，息怒，这样不利于健康，拉一段舒曼的《做梦曲》给我听吧！"

"你还真是大言不惭啊？一只猫会听什么？"

大提琴手很是生气，在心里想着如何好好修理一下这只坏猫。

"不要客气了，拉吧！我每天都是枕着先生的音乐入睡的。"

"大胆！大胆！大胆！"

歌修的脸涨得通红，像白天指挥骂他一样，边跺脚边大叫道。可是忽然间，他的语气软了下来，说：

"好，我拉。"

不知道歌修心里在想什么，他先是把门锁好，之后又关好窗户，把大提琴拿到手上以后，还随手关掉了灯。窗外的下弦月的光亮照进小屋，半间屋子都被照亮了。

"刚刚你让我拉的乐曲的名字叫什么？"

"《做梦曲》，就是那个罗曼蒂克·舒曼的作品。"大花猫用前肢抹了抹嘴，非常严肃地说。

"哦，好的，《做梦曲》应该是这样拉的吧？"

不知道大提琴手又要干什么，他撕开一条手帕，之后用手帕的碎条把自己的双耳紧紧塞住，接下来像下暴雨一样，拉起了《印度猎虎曲》。

一开始，大花猫还听得很认真，可是不久它就拼命眨着眼睛，然后向门边冲去，用力撞向屋门，可是屋门被关得紧紧的，它根本撞不开。大花猫意识到自己这一生犯下的最大错误莫过于此了，一时间惊慌得不知如何是好，眼冒金星，随即连胡须、鼻孔也开始灼烧，鼻中瘙痒难耐，却又无法打出喷嚏。它心想这样下去可就完蛋了，就在屋中开始小跑。歌修看得很带劲，拉着琴弦的手越发用力了。

"先生，好了，停下来了，我受不了了，求求您不要再拉了！我保证再也不向您发号施令了。"

"闭嘴！很快就到猎虎那一节了！"

大花猫痛苦极了，在地上转个不停，又不停地撞墙，而被它撞到的墙壁，道道青光乍现。最后，大花猫像风车一样不停地围着歌修转来转去。

歌修被大花猫绕晕了，只得停下来说道：

"好吧，今天就先到这吧！"

谁知道歌修刚停下来，大花猫又像没事人一样，轻松地说："先生，你今晚的演奏不同以往噢。"

大提琴手不由得怒火中烧，可还是装作无所谓的样子，掏了一支卷烟出来叨在嘴上，又取了一根火柴出来说：

"怎么样？刚刚被吓得不轻吧？把舌头伸出来给我瞧瞧！"

大花猫傻乎乎地把又长又尖的舌头伸出来。

"噢，有点皲裂呢！"

歌修忽然用手里的火柴在猫舌头上划了一下，点着以后给自己点燃了卷烟。

大花猫怎么也没有想到歌修会来这样一手，顿时惊慌失措，狂甩舌头，快速冲到门边，拼命用身体撞门板，见撞不开，又摇摇晃晃地退回来，再冲上去撞，依然撞不开，又摇摇晃晃地退回来，再次撞上去，就这样一来一回地进行了多次，想离开这里。

歌修像看戏一样在旁边看了好一会儿，才说道：

"今天我就放你出去了，以后不准再踏入这里。傻猫！"

大提琴手边说边把门打开，大花猫立刻像一阵风一样窜到了草丛中。见此情景，歌修捧腹大笑，之后愉快地进入了梦乡。

第二天晚上，歌修又像前一晚一样，背着黑色的大提琴包回来，一样痛快淋漓地喝了一大杯水，再像昨晚一样努力练琴。时间一分一秒地流逝，很快就到了十二点、一点、两点，歌修依然没有停下来。就在他进入忘我的境界，整个身心都沉醉其中时，"叩叩"声从头顶上方传来，有人在敲打着屋顶。

"难道是那只傻猫又来了？"

歌修刚停下吼叫，一只灰色的小鸟就从屋顶的裂缝中飞下来。鸟儿落到地板上，歌修这才发现是只布谷鸟。

"嘿嘿，连小鸟都来拜访我了！请问有什么事情？"

"我想请您做我音乐方面的导师。"布谷鸟非常客气地说。

歌修笑了：

"音乐？可是你只会发'布谷''布谷'这样的音啊！"

布谷鸟一脸严肃地说：

"没错，确实像您所说，可是，'布谷'的音可是很难唱的。"

"不，那一点都不难啊。你们就是持续叫这个音而已，哪有什么不同啊？"

"不对，有很大差别。像用这种声调唱的'布谷'，和换一种腔调唱的'布谷'，就有很大的区别。"

"可我听上去却是一样的。"

"那是因为人类的耳朵不够敏感。假如让布谷鸟们来听，不同的'布谷'声都是不一样的。"

"那又怎样？既然你这么专业，为什么还要我教你？"

"因为我想学正确的'哆来咪'的发音。"

"'哆来咪'还分正确和错误的？不就是'哆来咪'吗？"

"当然，因此在出国前我必须要学好。"

"这和出国有关系吗？"

"先生，求求您了，请您教教我吧！您来拉，我跟着唱。"

"好烦啊！行行行，我可只拉三遍啊，三遍以后你就赶紧离开这里。"

歌修把大提琴"嗡嗡"地调好弦，之后拉起"哆来咪发唆啦西哆"。布谷鸟听了，匆匆扑动着翅膀，说：

"不对，不对，不是那样的，全错了。"

"真是惹人烦。究竟是哪样的？你唱来我听听。"

"要这样。"布谷鸟朝前倾了倾身子，摆好阵势，运气叫了一声：

"布——谷。"

"这算什么？难道就是'哆来咪发'？看来对你们来说，'哆来咪发'和《第六交响曲》一样。"

"不，不一样。"

"哪不一样了？"

"最难的是一直这样唱下去，不重复。"

"这样就可以了？"大提琴手再次开始拉琴，持续拉着"布——谷""布——谷""布——谷""布——谷""布——谷"……

布谷鸟很高兴，半道中加入其中，和琴声一起唱着"布——谷""布——谷""布——谷""布——谷""布——谷"……它把身子拼命往前倾，似乎一直在努力唱着。

歌修手都拉得没劲了，说道："好了，教学到此为止。"边说边停了下来。

布谷鸟看了一眼歌修，露出非常可惜的表情，又叫了一会儿"布——谷""布——谷""布——谷"，才缓缓停了下来。

歌修再也受不了了，开始下逐客令：

"好了，笨鸟，这事到此为止，请走吧！"

"拜托您再拉一遍吧！尽管您拉得不错，可我听上去还有一点小问题。"

"什么？你是在当我的老师吗？赶紧走！"

"拜托了，再拉最后一遍，拜托了！"布谷鸟不停地鞠躬请求。

"那好，说好了是最后一遍了。"

歌修把琴弓拿在手里，布谷鸟叹息了一声，说道：

"既然是最后一遍，就请您多拉一会儿，时间越长越好。"说完，又朝他行了个礼。

"你真是太讨厌了。"歌修苦笑着拉起琴来。

布谷鸟再次把身子探向前方，很正式地跟唱：

"布——谷""布——谷""布——谷"

一开始，歌修拉得并不是很用心，可是慢慢地，他觉得布谷鸟所唱得越来越接近真正的"哆来咪发"，越觉得布谷鸟唱的要超过自己。

"不好，如果再这样拉下去，我也会变成鸟的。"歌修想到这，立刻停止拉琴。

布谷鸟像突然遭到棒击一样，站都站不稳了，像刚刚那样"布——谷""布——谷""布——谷"地叫着，之后不再跟唱。它用哀怨的眼光看着歌修，说：

"为什么要停下来？如果是我们布谷鸟，哪怕是最不好的那一个，也会一直唱，直到喉咙出血。"

"你在胡说什么呀？我为什么要陪你做这样的傻事？赶紧出去，你看，马上就要天亮了。"歌修用手指着窗外说。

东方的天边果然已经隐隐露出白色，片片乌云正涌向北方。

"那么在太阳升起来以前，再拉一遍吧，就一遍！"

说着，布谷鸟又向歌修行了个礼。

"闭嘴！你这只贪得无厌的笨鸟，马上从我的屋子离开，否则的话小心我把你的毛拔了，当早餐吃掉！"歌修用力跺了跺地板。

受到惊吓的布谷鸟匆忙飞向窗口，谁知道脑袋一下子撞到玻璃上，跌落到地板上。

　　"笨蛋，怎么撞到了玻璃上面？"歌修赶紧起身，准备打开窗户。可是破旧紧闭的窗户实在是太难打开了。歌修正用力推动窗框时，布谷鸟再次朝窗口飞去，再次撞到玻璃上，跌到地上。歌修仔细一看，鸟嘴边已经有鲜血流了出来。

　　"我马上给你打开，你稍微等一下！"

　　费了九牛二虎之力，歌修总算把窗户打开了一条小缝，布谷鸟再次摇晃着站了起来，盯着窗外东方的天空，似乎想最后再努力一次。它使出全身的力气，朝窗户飞去。当然，这次比前两次撞得还严重，掉到地上半天都动不了。歌修想把布谷鸟抓过来，让它从门口离开，谁知道布谷鸟竟睁眼从他准备伸出的手上逃开了，准备再次往窗户撞去。歌修赶紧抬腿去踹窗户。玻璃瞬间破裂，发出砰的一声响，整块玻璃窗和窗框一起，落到了窗外面，碎裂了一地。布谷鸟像离弦的箭一样，"嗖"的一下飞走了。它不停地飞啊飞啊，不久就看不到它的影子了。歌修若有所思地看着窗外，而后和衣躺在屋中的角落里睡着了。

　　第三天晚上，歌修依然和之前一样，直到深夜都还在拉大提琴，累了正准备舀水喝时，他又听到门外传来"叩叩"的敲门声。

　　歌修端着水杯，心想，不管今天晚上谁来，都要像昨晚吓唬布谷鸟那样，毫不留情地赶走它。他把神经绷得紧紧的，看看有什么不速之客到访。这时门开了一条小缝，门口出现一只小狸。

　　歌修把门开大了一点，用力跺了下脚，大叫道：

"喂，听着，小狸子，狸肉汤你知道是什么吗？"

小狸不知道他在说什么，规规矩矩地坐到地板上，认真思考了一会儿说：

"狸肉汤？那是什么？"

看着小狸一脸天真的表情，歌修差点笑了。他用力克制住自己，假装愠怒地说：

"听好了，狸肉汤就是把你这样的小狸子和卷心菜、盐巴放到一起煮，然后让我这样的人类把你们的汤喝掉。"

小狸很是疑惑：

"可是我爸爸说，歌修先生是个很好的人。他叫我不用担心，认真跟你学习。"

歌修听了，终于露出了笑容，问道：

"学什么呢？我根本没空，而且现在我想休息了。"

小狸忽然间斗志昂扬，往前迈了一步，说：

"我是一个小鼓手，爸爸让我来和你的大提琴一起演奏。"

"小鼓手？鼓在哪里？"

"看这个！"小狸从背后拿了两根小鼓棒出来。

"这个有什么用？"

"可以拉一首《快乐的马车夫》吗？"

"《快乐的马车夫》？是爵士乐？"

"这是乐谱，你看看。"小狸又拿了一张乐谱出来。

歌修把乐谱接过来看了看，笑着说：

"这乐曲好奇怪啊！也好，就拉这个吧！你打小鼓配合我吗？"

歌修想看看小狸究竟是如何和他一起表演的，于是边拉琴边用余光看着它。

只见小狸把鼓棒拿在手上，在大提琴的底座上，随着歌修拉的拍子开始拍鼓。那鼓技真是一流，歌修拉了一阵，觉得这合奏真是太有意思了。

整首曲子结束以后，小狸认真思考了许久，之后像突然想到什么一样，说：

"歌修先生，不管怎样，只要你拉第二根弦，节奏就会放慢。这是为什么呢？我觉得你好像牵绊住我一样。"

歌修顿时吃惊不小，他昨晚就发现，只要拉第二弦，节奏就会慢半拍，即便他再快速触弦都是如此。

"嗯，你说得没错，这把大提琴确实有点问题。"歌修不由得有点伤感。

"到底是哪里出了问题呢？请再拉一遍，好吗？"小狸不无怜悯地说道。

"好的。"歌修又把这首《快乐的马车夫》拉了一遍。

小狸依然和刚才一样，在大提琴的底座上演奏着，时而侧头倾听琴音。等到一曲结束时，天已经亮了。

"呀，天都亮了，谢谢你。"小狸赶紧收好鼓棒和乐谱，用胶布把它们固定在自己的背上，向歌修行了礼以后，就匆忙从门口跑出去了。

昨晚坏掉的窗户中有丝丝晨风吹进来，歌修呆呆地在窗口站了一会儿，突然想到去镇里前，要睡眠充足，精神振奋才行，于是赶忙躲到被窝里睡觉去了。

第四天晚上，歌修依然和前几晚一样开始拉大提琴，一不小心天又亮了。他太累了，抱着琴和琴谱就睡着了。这时门外又响起"叩叩"的敲门声。这声音很小，隐隐约约的，可是因为一连几晚都是这样，因此歌修依然听到了。他马上说道："进来。"

一只田鼠从门缝中钻进来，后面还跟着一只小田鼠。后者哧溜哧溜地走到歌修面前。那只小田鼠体形很小，差不多有一个橡皮擦那么大。歌修不由得露出了笑容。田鼠妈妈不知道歌修的脸上为什么会有笑容，边左顾右盼，边把一粒青色栗子取出来放到地上，向歌修毕恭毕敬地行了个礼，然后说道：

"先生，我的孩子得了重病，就快要死了，求您大发慈悲，给它治治吧！"

"我这里又不是医院，我也不是医生，怎么给它治啊？"歌修有点气愤。

田鼠妈妈歪着头想了一会儿，又鼓起勇气说：

"先生，您就不要说谎了。您有着高超的医术，每晚都在给大家治病。"

"你说什么？我怎么不明白你的意思。"

"先生，真的要好好感谢您，正是因为有了您，兔奶奶的病才好了，小狸爸爸的病也好了，即便是邪恶的猫头鹰，您都给它治好了。为什么你就是要拒绝医治我的孩子呢？这好像有点太残酷了。"

"啊，你肯定是搞错了，我从来没有给猫头鹰治过病。昨天晚上小狸的确来过，可是它只是来和我一起合奏而已。"歌修苦笑着望着小田鼠，觉得有点丈二和尚摸不着头脑。

田鼠妈妈听了不由得放声大哭：

"唉，我可怜的孩子啊，要是你早些生病不就好了吗，刚刚医生都还在拉琴呢，怎么你一生病，他就不拉了呢？我再怎么求他，他也不愿意啊。孩子，你的命怎么这么苦啊！"

歌修听了，吃惊不小，赶紧问道：

"你说什么？我一拉大提琴，就可以把猫头鹰和兔子的病都治好？这是什么情况？"

田鼠妈妈边用手擦拭眼泪，边说道：

"这一带的动物们如果生病了，就会跑到您家的地板下听您演奏。"

"这样就可以治好它们的病了？"

"没错，听说类似按摩，周身血液循环流畅，特别舒适。心情一好，很多病就痊愈了，有的回家以后也好了。"

"哦，原来是这样。大提琴的音乐声，竟然和按摩一样，可以把你们的疾病治好？好，那我知道了，我现在就拉琴给你的孩子医治吧！"

歌修嘣嘣地把琴弦调好，突然伸手把小田鼠抓过来塞到大提琴的琴孔中。

田鼠妈妈急切地扑到大提琴上面，叫道："我一定要和我的孩子待在一起！不管去哪家医院，我都不能离开它。"

"你也想进去？"大提琴手便把田鼠妈妈也抓在手里，想把它也塞到琴孔里面，奈何它的身体太大了，只能塞半个脑袋进去。

田鼠妈妈用力把大提琴抓住，问琴孔里的小田鼠：

"宝贝，你在里面还好吗？落地时，有没有按妈妈告诉你的那样，双脚并拢再落地？"

"是的，我很好。"小田鼠的声音细不可闻，在大提琴的底座答道。

"你不要担心，不要再哭了。"歌修把田鼠妈妈放回地上，把琴弓架上，开始拉狂想曲。

听到大提琴发出的声响，田鼠妈妈愈加担心了，最后实在受不了了，说道：

"可以了！可以了！把我的孩子放出来吧！"

"这么快就好了？"歌修把大提琴倾斜过来，把手伸出来等在琴孔外边。过了一会儿，小田鼠走了出来。歌修紧张得都快要无法呼吸了，把小田鼠轻轻放在地上。小田鼠的眼睛闭得紧紧的，全身颤抖不已。

"怎样？有没有好一点？"

小田鼠一个字也不说，眼睛依然闭得紧紧的，全身颤抖着。过了一会儿，它突然把四肢伸展开，在屋里活动开来。

"啊，它好了，已经好了！真是太感谢您了，非常感谢！"

田鼠妈妈跟在小田鼠后面跑了一圈，之后来到歌修面前，不停向他鞠躬，反复说着：

"谢谢，谢谢，谢谢……"

歌修突然对它们充满了同情，便说道：

"呃，需要来点面包吗？"

田鼠妈妈环顾了一下四周，大吃一惊地说：

"面包？我们可从来没有吃过。听说是把面粉揉搓以后，再发酵，就变成了又松软又好吃的面包了。可是您的橱柜我们还从来没有去过，您救了我们，我们怎么会偷您的食物呢？"

"没有，没有，我没有说你们偷。我只是想把我的面包分享给你们吃。你们应该不会拒绝吧？那就请稍等一下，我马上把面包拿给你大病初愈的孩子吃。"

歌修把大提琴放下来，从橱柜里掰了一小块面包下来，递到两只田鼠面前。

　　田鼠妈妈露出一脸难以置信的表情，兴奋得眼泪都流出来了。它一连鞠了好多个躬，然后小心翼翼地把面包叼在嘴里，跟在孩子后面走出去了。

　　"唉，和田鼠说话也好累啊。"歌修一头栽倒在床上，不久就进入了梦乡。

　　六天后的晚上，金星乐团的所有成员都非常激动，把各自的乐曲拿好，按顺序从镇公馆大礼堂的舞台上退下来，来到幕后休息室中。他们演奏的《第六交响曲》获得了圆满的成功，博得了观众的阵阵掌声。指挥双手插在裤兜里，表面上看起来完全不在意掌声的样子，在大家中间走来走去，其实心里比谁都兴奋。大家要么用火柴点燃香烟，要么把乐器收回匣中。

　　大礼堂的掌声还没有停歇，并且越发猛烈了，到最后竟然变成难以消退的音浪。戴着白缎带的主持人三步并作两步走到后台说道：

　　"指挥，观众们要求再演一场，能不能请大家回到舞台，再演奏一首短曲？"

　　指挥一脸严肃地答道："不可以，把经典杰作表演完以后，不管演奏什么短曲，都会遭到观众的诟病的。"

　　"那就麻烦指挥去谢个幕，跟观众说几句吧！"

　　"不，这样吧，歌修，你出去拉首曲子吧！"

　　"我？"歌修一脸吃惊。

　　"对的，就是你。"首席小提琴手突然说道。

　　"赶紧去吧。"指挥催促道。

大家把大提琴强行放到歌修手里，把门打开，把他推到舞台上。歌修把那把穿孔的大提琴抱在怀里，一时间不知如何是好。台下观众的掌声更热烈了，有人甚至还开始欢呼。

"真是太过分了。也好，等我把这首《印度猎虎曲》拉完，你们就知道我的厉害了。"歌修镇定下来，信步来到舞台中央。

接下来，就像那晚大花猫突然到访时那样，歌修如同一头生气的大象，气势磅礴地开始拉《印度猎虎曲》。全场安静极了，观众们都一脸认真地听着。歌修拉得一气呵成，让花猫痛苦不堪的那段拉完了，让花猫把身子往门板上撞的那段也拉完了。

一曲结束以后，歌修都没有看一眼观众，就像那晚迫切逃出小屋的大花猫一样，把大提琴抱在怀里，快速跑回了休息室。他发现所有乐团成员，包括指挥在内，都像经历了一场火灾一样，你望我，我望你，都沉默不语。

歌修心想，你们想怎么嘲讽我都行！他快速穿过众人，在最靠里的长椅上坐下来，跷起二郎腿。

谁知道大家一起转过来看着他，脸上都写满了严肃，并没有嘲笑的意思。

"今晚好像有点不太寻常……"歌修心里暗暗想道。

这时，指挥起身夸赞道：

"歌修，真是太好了！尽管这首曲子很普通，却吸引了所有人的注意力。只经过了短短十天时间，没想到你却取得了这么大的进步。和十天前相比，你简直判若两人。因此这就告诉我们，不管做什么事情，只要坚持下去，就一定可以取得成功。对吗？歌修！"

乐团的其他成员也纷纷站起来，走到歌修身边说："你真是太厉害了！"

　　站在大家身后的指挥又说了一句："歌修的身子骨看起来不错，这样苦练也没有问题，要是换作其他人，估计早就累趴下了。"

　　当晚，歌修回家时依然已经很晚了。

　　他像往常一样痛快地喝了一大杯水，然后打开窗户，对着那晚布谷鸟飞走的天空，喃喃自语道："啊，布谷鸟，我要对那天晚上的事跟你说一句对不起。事实上，我压根没有生气。"

渡雪原

其一　小狐狸绀三郎

雪地冻得硬邦邦的，清冷的天空就像一块光洁的青石板。

"硬邦邦的冰雪呀，粉扑扑的细雪呀！"

刺眼的太阳一个劲地烧个不停，散发着百合花香的雪地被照得透亮。

树枝上挂满了霜，似乎是一串串粗砂糖挂在上面。

"硬邦邦的冰雪呀，粉扑扑的细雪呀。"四郎和欢子脚踩小雪靴，欢快地向原野奔去。

今天是最有意思的一天了吧？不管是平常没办法行走的玉米田，还是芒草遍地的原野，今天可以去任何想去的地方。雪地上非常平整，就如同摆了很多小镜子在上面，周围都被照得透亮。

"硬邦邦的冰雪呀，粉扑扑的细雪呀。"

兄妹俩来到森林附近。因为树枝上挂满了透明的冰柱，原本高大的柏树的腰也弯了下来。

"硬邦邦的冰雪呀，粉扑扑的细雪呀。小狐狸呀小狐狸，娶新娘呀娶新娘。"他们朝着森林大声叫道。

片刻安静过后，两人长长地呼吸了一次，准备再叫一次。这时，森林里发出了这样的声音：

"硬邦邦的冰雪呀，粉扑扑的细雪呀。"

一只白色的小狐狸从森林里走了出来。

四郎略微有些吃惊，赶紧护住欢子，然后用力把双脚打开，大叫道："小狐狸呀小狐狸，你要新娘我给你。"

那狐狸尽管不大，却捋着像银针一样的胡须说："四郎呀四郎，欢子呀欢子，我才不要新娘。"

四郎笑着说："小狐狸呀小狐狸，不要新娘，那你要年糕吗？"

小狐狸摇摇头，兴高采烈地说："四郎呀四郎，欢子呀欢子，你们要小米麻糬吗？"

欢子激动起来，在四郎身后小声唱道："小狐狸呀小狐狸，狐狸的麻糬是兔子便便。"

小狐狸绀三郎听了后不由得笑道："这怎么可能？像你们这么厉害的人，难道还看不出来是真的麻糬还是兔子便便吗？人家总说我们狐狸是撒谎精，我们真的是太冤了。"

"因此我们说你们狐狸是撒谎精，是错怪你们了吗？"

绀三郎热情地说："当然是的，这是对我们天大的误会。那些说狐狸撒谎的人，要么就是喝得人事不省了，要么就是太怯懦了。跟你们说一件非常有意思的事。前段时间，甚兵卫有一天在我们家门口坐着唱了一整晚的净琉璃①，大家都跑出来看热

---

① 净琉璃原本是一种说唱曲的名称，它的先驱是云游的日本盲人表演者目贯屋长三郎和木偶师引田。——译者注

闹了。"

四郎大叫："假如有甚兵卫，肯定不是净琉璃，而是浪花节①。"

小狐狸绀三郎恍然明白过来："嗯，可能是吧。反正你们来吃麻糬就是了。我的麻糬，可是我自己一步步操作完成的，经过了耕田、播种、除草等一系列过程呢。如何？要来一盘吗？"

四郎笑着说："绀三郎，我们刚刚吃过年糕，现在还不饿，下次再吃如何？"

小狐狸绀三郎兴奋地手舞足蹈："这样啊，那就下次幻灯会的时候请你们吃吧！幻灯会你们可一定要来哦！下次雪地结冻的晚上8点。先把入场券给你们吧。需要几张呢？"

"五张吧。"四郎回答说。

"五张？除了你们两个，还有三张要给谁？"绀三郎问。

"还有我们的哥哥。"四郎答道。

"你们的哥哥都不到十一岁吗？"绀三郎又问。

"小哥哥现在四年级，八岁加四岁，他十二岁。"

绀三郎一本正经地捋着胡须说："那很抱歉，就只有你们能来，你们的哥哥不能来。我会把贵宾席给你们准备好。这次会放很有意思的幻灯片。第一张是'不要喝酒'，拍的是你们村子的太右卫门和清作，他们喝过酒以后，竟然想把原野里奇怪的馒头和面条吃掉。那张照片里还有我的身影呢。第二张是'小心陷阱'，那张是画，不是照片。画的是我们绀兵卫在原野落入陷阱的画。第三张是'星星之火'，我们勘助是其中的主人翁，那时

---

① 形成于日本明治初期的一种民间说唱艺术，因为起源于江户时代末期的大阪，因此叫作"浪花节"。——译者注

候他到你们家，尾巴竟然被烧着了。请你们一定要来。"

四郎和欢子兴奋地点了点头。小狐狸撇了撇嘴，看起来让人忍俊不禁。接着他踢踢跶跶咚咚地踏着步，身体还不停地摇晃着，似乎在想什么事情，最后，终于舞动着双手，边打着节奏边唱：

> 粉扑扑的细雪呀，硬邦邦的冰雪呀，
>
> 原野里的馒头暖烘烘，
>
> 喝醉的太右卫门摇呀摇，
>
> 去年吃了三十八。
>
> 粉扑扑的细雪呀，硬邦邦的冰雪呀，
>
> 原野里的面条暖烘烘，
>
> 喝醉的清作摇呀摇，
>
> 去年吃了一十三。

四郎、欢子被吸引过来，也跟着一起跳起了舞。

踢踢、跶跶、咚咚。踢踢、跶跶、咚咚。踢踢、跶跶、咚咚。踢踢、跶跶、咚咚……

四郎唱："小狐狸呀小狐狸，去年狐狸绀兵卫，一脚落入陷阱里，哎呀哎呀哎呀呀。"

欢子也唱道："小狐狸呀小狐狸，去年狐狸勘助呀，想吃烤鱼烧屁股，哎唷哎唷哎唷唷。"

踢踢、跶跶、咚咚。踢踢、跶跶、咚咚。踢踢、跶跶、踢踢、跶跶、咚咚咚。

他们边跳边走进森林里。日本厚朴封蜡般的鲜红嫩芽，在微风的吹拂下，闪烁着动人的光辉。森林里的雪地上，蓝色树影就如同一面网子，只要是阳光所到之处，就像一朵朵绽放的百合花。

小狐狸绀三郎说："我们把小鹿叫出来吧，他很会吹笛子呢。"

四郎和欢子都高兴地鼓起了掌，接下来他们一起叫道："硬邦邦的冰雪呀，粉扑扑的细雪啊。小鹿呀小鹿，娶新娘呀娶新娘。"

温柔的声音立刻从另一边传来："北风萧萧风三郎，西风瑟瑟又三郎。"

小狐狸不太看得上小鹿，把嘴巴噘得高高的："小鹿的胆子就是太小了，不会到这里来，可是我们依然可以再试一试。"

于是他们又一次叫道："硬邦邦的冰雪呀，粉扑扑的细雪啊。小鹿呀小鹿，娶新娘呀——娶新娘。"

尽管他们听到了声音，却不知道那是风声，还是笛声，抑或是小鹿的歌声。

北风萧萧，哎唷哎唷。

西风瑟瑟，嘿咻嘿咻。

小狐狸又捋了捋胡须说："雪地变软，路就变得难走了，你们赶紧回家吧。下次雪地结冻的晚上来哦，我们会办幻灯会。"

"硬邦邦的冰雪呀，粉扑扑的细雪啊！"

四郎、欢子唱着歌从银色的雪地走过。

"硬邦邦的冰雪呀，粉扑扑的细雪啊！"

其二　狐狸小学的幻灯会

农历十五日那天，从冰山边升起青白色的满月。散发着青色光芒的雪地就像寒水石一样硬邦邦的。

想到和小狐狸绀三郎之前的约定，四郎小声问妹妹欢子："今晚小狐狸要举办幻灯会，我们去不去呢？"

欢子高兴得一蹦三尺高："去呀，去呀！小狐狸呀小狐狸，小小狐狸绀三郎。"

二哥二郎听到以后也说："你们要去和狐狸一块玩吗？我也想去。"

四郎把肩膀朝后缩了缩，看上去有点头疼。"二哥，入场券上是这样写的，说只有十一岁以下的小孩才可以参加狐狸的幻灯会。"

"什么？我看看。哈哈，不允许十二岁以上来宾入场，除非是本校学生之亲属。狐狸们还蛮厉害的嘛。那没办法，那我就不去啦。对了，你们把年糕带点过去吧，就是那个供神用的年糕。"

四郎、欢子把小雪靴穿上，把年糕带上就出去了。

他们的哥哥一郎、二郎、三郎站在门口冲他们叫道："去吧。如果遇到大狐狸，一定要把眼睛闭上。来，我们帮你们喊吧。'硬邦邦的冰雪呀，粉扑扑的细雪呀。小狐狸呀小狐狸，娶新娘呀娶新娘。'"

满月在夜空高高挂着，一股白茫茫的雾气在森林里弥漫。四郎和欢子来到森林入口。

他们看到一只胸前别着橡果徽章的白色小狐狸。

"晚安！你们来得这么早啊，入场券带了吗？"

"有。"他们把入场券拿出来。

"请走这边。"小狐狸眨巴着眼睛，认真地弯腰致意，指着森林深处说。

月光就如同好几根蓝色的棒子，斜照进森林里。他们向森林里的空地走去。

很多狐狸小学的学生聚集在空地上，有些在相互扔栗子皮，有些在玩相扑。最让人笑掉大牙的是，有像老鼠一样大的小狐狸在稍微大一些的小狐狸肩膀上站着，看起来就像要到天上去一样。

大家面前的树上挂着一条白色的床单。

忽然，有声音从四郎和欢子的身后传来："晚安，欢迎你们来，前些天我还要对你们表示感谢呢！"

他们不由得吃了一惊，回头才发现是绀三郎。

绀三郎穿着笔挺的燕尾服，还别了一朵水仙花在胸前。他用一条纯白的手帕擦拭着自己的尖嘴巴。

四郎略微弯了腰，对他们说道："感谢你邀请我们来参加今晚的活动，我请大家吃这些年糕。"

狐狸小学的学生们都把目光放在四郎和欢子身上。

绀三郎把胸膛挺得高高的，真诚地把年糕收下来。

"真的是让你们破费了，还让你们带礼物来。希望你们能愉快地度过这个夜晚，幻灯会马上就要开始了。"

绀三郎拿着年糕走向另一边。

狐狸小学的学生们一起欢呼起来："硬邦邦的冰雪呀，粉扑扑的细雪呀。硬年糕呀硬邦邦，白年糕呀白亮亮。"

狐狸们挂了一块大板子在布幕旁，上面是这样写的："鸣谢人类四郎、人类欢子之赠礼：很多年糕。"

狐狸小学的学生们都兴奋地鼓起了掌。

这时，只听"哔"的一声，悠扬的笛声响起。

绀三郎走到台前，清了清嗓子，接下来认真地向他们致意。大家都不再说话了。

"今晚天气真不赖，满月就像珍珠盘一样，星星就如同露珠一样。在这里，我宣布幻灯会正式开始，请各位保持十二分的专注，也不要咳嗽，认真欣赏。"

"此外，我们今晚还请来了两位重要的嘉宾，请大家一定要保持安静，不要把栗子皮扔到贵宾区。这些就是我的开幕致辞。"

大家都开始欢呼。四郎小声告诉欢子："绀三郎的口才真心不错。"

"哔"的一声，笛声响起。

"不能喝酒"四个大字出现在布幕上，接下来一张照片出现。画面里是一个喝醉的人类爷爷，把一个奇怪的圆形物体抓在手里。

大家用脚打着拍子唱道——

（踢踢跶跶咚咚，踢踢跶跶咚咚）

粉扑扑的细雪呀，硬邦邦的冰雪呀，

原野里的馒头暖烘烘，

喝醉的太右卫门摇呀摇，

去年吃了三十八。

（踢踢跶跶咚咚，踢踢跶跶咚咚）

画面消失以后，四郎小声告诉欢子："这是绀三郎作的那首歌。"

接着，另一张照片出现在布幕上。一个喝醉的人类青年出现在画面上，他把头伸到用日本厚朴叶片做成的碗里面，看不出来在吃什么，而穿着白色和服的绀三郎在对面站着，把目光投向他。

大家用脚打着拍子唱道——

（踢踢跶跶咚咚，踢踢跶跶咚咚）

粉扑扑的细雪呀，硬邦邦的冰雪呀，

原野里的面条暖烘烘，

喝醉的清作摇呀摇，

去年吃了一十三。

（踢踢跶跶咚咚，踢踢跶跶咚咚）

画面消失后，大家稍微休息了一会儿。

有个看上去特别可爱的小狐狸女生，把两盘小米麻糬端过来。

四郎害怕极了，因为刚刚他们才看到太右卫门、清作在不明不白的情况下，吃了一些奇奇怪怪的东西。

狐狸小学的学生们都把目光投向他们，还窃窃私语道："他们会吃吗？你觉得他们会不会吃？"端着盘子的欢子脸涨得通红，不知所措。四郎坚定地说："吃吧，我们吃吧，我觉得绀三郎应该不会说谎话。"他们吃掉了盘子里的小米麻糬。那麻糬真是太好吃了。狐狸小学的学生们看了，全都兴奋地跳了起来。

（踢踢跶跶咚咚，踢踢跶跶咚咚）

白天阳光好大，

夜晚月光好亮。

即便四分五裂，

狐狸学生不撒谎。

（踢踢跶跶咚咚，踢踢跶跶咚咚）

白天阳光好大，

夜晚月光好亮。

即便忍饥挨饿，

狐狸学生不偷盗。

（踢踢跶跶咚咚，踢踢跶跶咚咚）

白天阳光好大，

夜晚月光好亮。

即便千刀万剐，

狐狸学生不忌妒。

（踢踢跶跶咚咚，踢踢跶跶咚咚）

四郎和欢子感动得掉下了眼泪。

哔——笛声再次响起。

"小心陷阱"四个大字出现在布幕上，接下来一幅画出现。狐狸绀兵卫左脚踏进陷阱里的场景出现在画面里。

大家唱道："小狐狸呀小狐狸，去年狐狸绀兵卫，左脚踩进陷阱里，哎呀哎呀哎呀呀。"

四郎小声告诉欢子："这是我作的歌呢！"

画面消失以后，"星星之火"四个大字出现在布幕上，接着一幅画出现。画里是狐狸勘助想偷吃烤鱼，尾巴却被烧着了的场景。

大家欢呼道："小狐狸呀小狐狸，去年狐狸勘助呀，想吃烤鱼烧屁股，哎唷哎唷哎唷唷。"

哔——笛声响起，幕前亮了，绀三郎再次出来致辞：

"非常感谢大家，今晚的幻灯会就到这。今晚过后，大家一定要记住一件事。有两位聪明且没有喝醉的人类小孩，吃了我们狐狸做的食物。大家长大以后也要做一个诚实的人，要尽力消除人类一直以来对我们的误会。这些就是我的闭幕致辞。"

狐狸学生们感动得起身欢呼，并落下了发光的眼泪。

绀三郎走到四郎和欢子面前，朝他们致意。

"再见了，你们今晚的恩情我会一直铭记在心的。"四郎和欢子向绀三郎道别以后准备回家。狐狸学生们追上来，朝他们怀里塞了很多橡果、栗子，以及散发绿色光芒的石头。

"送给你们。""请收下。"接着就快速跑回去了。

绀三郎微笑着看着发生的这一切。

兄妹俩从森林里走出来，来到原野。

白茫茫的原野上，他们看到三个朝他们移过来的黑影，原来是他们的三个哥哥来接他们了。

夜鹰之星

夜鹰这种鸟长得很丑。

脸上就像抹了味噌一样，满是斑，扁扁的嘴巴，就如同一条一直向耳旁裂去的裂缝。

再加上它没什么脚力，因此只能在附近溜达。

其他鸟儿即便只是看到夜鹰的脸，都会一脸厌恶。

就像云雀这种鸟，虽然自己也长得不好看，和夜鹰相比却好多了。因此当云雀偶尔在黄昏时分或其他时分和夜鹰相遇时，都会露出嫌弃的表情，不仅把眼睛闭得紧紧的，还会把头扭到一旁，表现出很看不起它的样子。一些身形比较灵活、话痨的鸟，只要一看到夜鹰，就会说它如何如何不好。

"哼，它又在外头四处溜达了。看它长的那样，真是把我们鸟类的脸都丢尽了。"

"对啊，嘴巴也太大了吧，难道它和青蛙是亲戚吗？"

夜鹰平时的处境就是这样的。假如它不是夜鹰，而是普通的老鹰，一定会让这些不知名的小鸟退避三舍，哪怕只是听到它的名字。不仅如此，它们还会面如土色地把身子蜷在一起，赶紧躲到枝叶的阴影处。可是，夜鹰不仅和老鹰没有半点亲戚关系，还是美丽的翠鸟和蜂鸟——鸟类中的宝石——的大哥。它们三兄弟分别依靠昆虫、鱼和花蜜为生。因为夜鹰没有尖利的爪子，所以即便是再柔弱的鸟，都不会怕它。

既然是这样，那它的名字里怎么会有一个"鹰"字呢？原因有二：一是，当夜鹰把翅膀张开，展翅飞翔时，看起来就和老鹰没什么区别。二是，它的叫声也很像老鹰。老鹰当然非常不乐意看到这样的事，只要一看到夜鹰，它就会气愤地说："你赶紧改名，改名！"

一天黄昏，老鹰决定直接到夜鹰家。

"喂，你在家吗？为什么你不改名？真是恬不知耻啊！你和我相差这么多，我可以翱翔在辽阔的天空，你却只敢在阴天或晚上出现，而且，你看看我的嘴巴还有爪子，再看看你自己。你是不是应该改名？"

"老鹰先生，你让我很为难啊！我的名字也不是我自己选的，是上天赐予的。"

"怎么可能，我的名字才是上天赐予的，你的名字就是向'夜晚'和'老鹰'大爷我借的，赶紧还给我。"

"老鹰先生，你这么说就过分了。"

"怎么过分了？我帮你取个更好的名字吧，'市藏'如何？是不是听起来特别好？而且你改名时，得做好宣传工作才行。听好了，你要写一块'市藏'的牌子挂在胸前，挨个通知大家'我改名为市藏了'。"

"这我真的办不到。"

"你办得到，而且你一定要这样做。后天早上是我给你的最后期限，如果到时你没有按照我说的做，我就杀了你。记住——

假如你没有听我的话，我就杀了你。后天一早，我就一家家去确认你有没有通知它们你改名的事情。只要有一个人否定，你就死定了。"

"可是这真的说不过去呀。如果你真的要我这么做，我宁愿现在就死去。你现在就杀了我吧！"

"反正你好好想想，市藏这个名字挺好听的呀！"老鹰奋力把翅膀张开，回到自己的鸟巢。

夜鹰把眼睛闭上，认真思考着。

——为什么我就这么惹人厌呢？就因为我的脸像是抹了味噌，嘴巴像咧开一样吗？可是从我生下来到现在，我也没干过什么不好的事情啊，为什么连我看到绿绣眼宝宝从鸟巢里掉出来，好心送它回去，绿绣眼都要像看到贼人一样，把它的宝宝从我手中抢过去呢？而且还一直笑我。这次老鹰竟然要我改名为市藏，还要我在胸前挂牌子……真是太难受了……

天色愈加暗了。夜鹰从鸟巢飞了出去。垂下来的云朵眨着狡黠的光，夜鹰安静地在云朵间穿梭，飞向前边。

它把嘴巴张得大大的，把翅膀伸直，看上去就如同一枝从天空横跨过去的箭，一连吃了好几只小昆虫。

夜鹰一会儿飞得低低的，身体差不多都挨着地面了，一会儿又飞得高高的。这时的云朵看上去是灰色的，前方的山林都被红色的火海所笼罩。

夜鹰努力把翅膀张开，似乎要把天空撕裂一样。一只甲虫飞进了夜鹰的咽喉里，挣扎个不停。虽然夜鹰立刻就将它咽了，可是依然给人十分奇怪的感觉。当天空彻底暗下来，只有东边山林的红色火海映入眼帘时，夜鹰不由得害怕极了，紧张地继续往高处飞。

这时又有一只甲虫飞到了夜鹰的咽喉里，夜鹰明显觉得甲虫在它的咽喉里面奋力挣扎着。虽然夜鹰一口将它咽了，可是却依然觉得心跳好快。最后，夜鹰大声哭起来，边哭边盘旋在空中。

——啊……我天天晚上都把这么多独角仙以及其他昆虫杀死，这次要被杀死的却是我。好难过啊，真的，我好难过啊。今后我再也不吃昆虫了，就让我饿死算了。不，在那之前，我已经死于老鹰之手了，在死之前，就让我朝天空的另一端飞去吧！

山林的火海就如同流水一样分散开去，好像云朵也在燃烧。

夜鹰先向弟弟翠鸟家飞去。好看的翠鸟正好起来在看着森林燃烧呢，看到夜鹰过来，马上说道："哥哥，你怎么来了？"

"因为我要去很远的地方，所以过来见见你。"

"哥哥，你怎么也要走啊？蜂鸟离我们那么远，如果你再走了，就只剩下我一个人了。"

"那我也没办法啊，今天就先不多说了。还有，以后你不要再开一些不好的玩笑，抓一些鱼来玩了，知道吗？永别了！"

"哥哥，等等，怎么了？你怎么这么快又要走？"

"再多待一会儿也还是一样，帮我跟蜂鸟说一声。永别了，以后我们就都见不着面了。永别了！"

夜鹰哭着飞回了家。短暂的夏夜就要画上句号了。

羊齿叶把清晨的雾气吸收过来，夜鹰大声啼叫着，它清理干净鸟巢，把全身的羽毛梳理了一下，之后决定从鸟巢飞出去。

这时雾气已经散去了，太阳正好升了起来。刺眼的光芒让夜鹰感到一阵眩晕，可是它还是咬咬牙坚持了下来，像离弦的箭一样飞了出去。

"太阳啊太阳，请带我去您那里吧，即便烧死也没有关系。哪怕我长得再难看，烧死以后也可以变成一小束光亮吧！请带我去您那里吧！"

只是无论它如何飞，都没办法离太阳更近，太阳反倒越发离它远去了。太阳说："你是夜鹰吧？嗯，我想你肯定很难受，可是你应该去问一下星星，再怎么说你也是属于夜晚的鸟啊！"

当夜鹰向太阳致意时，它突然觉得眼前发黑，一下子跌在原野的草地上。接下来，它做了一个梦——有时觉得自己在红色、黄色的星星间漂流，有时又觉得自己随风起舞，有时又觉得自己沦为了老鹰的爪下之物。

夜鹰觉得脸上一阵发凉，于是把眼睛睁开了。嫩绿的芒草叶片上，有露水滑落下来。已经是深夜了，蓝黑色的天空中闪烁着无数的星星。夜鹰朝天空飞去，今晚也可以看到燃烧的山林，夜鹰盘旋在微弱的火光和冰冷的星光之间，接着它鼓起勇气，飞向西边美丽的猎户座。它边飞边叫道："星星啊，西边的星星，请带我去您那里吧，即便烧死也没有关系。"

猎户座正在高歌，并没有理会夜鹰。夜鹰有想哭的冲动，摇晃着掉落下去。它费尽九牛二虎之力才停下坠落的脚步，继续在空中盘旋。一会儿以后，它一边向南飞一边叫道："星星啊，南边的星星，请带我去您那里吧，即便烧死也没有关系。"

大犬座闪光着蓝色、紫色和黄色的美丽星光。他说："你在犯什么傻，你以为你是谁呀？鹰不是鸟吗？你要想飞到我这里来，得飞亿年、兆年、亿兆年才行啊！"说完就掉头离开了。

一脸沮丧的夜鹰又开始往下跌落，接下来又在空中盘旋，鼓足勇气飞向北边的大熊座。它边飞边叫道："北边的蓝色星星啊，请把我带到您那里去吧！"

大熊座不带一丝温度地说："怎么这么无聊，你先镇定下来吧，你可以朝有冰山的大海里飞，假如附近没有大海，你就往装着冰水的杯子里飞吧！"

沮丧的夜鹰再次往下跌落，又盘旋在空中，这时东边正好升起了银河，它对着银河对岸的天鹰座大叫道："东边的白色星星啊，请把我带到您那里去吧，即便烧死也没有关系。"

天鹰座高傲地说："哎呀，这怎么能行呢？你要具有相对应的身份，还要有很多钱，才可以成为星星。"

夜鹰一点力气都没有了，它把翅膀收起来，急速坠落。可是，就在它无力的双脚就快要和地面接触时，它又像狼烟一样朝天空冲去。当它飞到半空中，突然像对野熊发起攻击的老鹰一样抖动着身体，把羽毛倒竖起来。

接着夜鹰发出洪亮的"奇嘶奇嘶奇嘶奇嘶奇嘶"的喊声，和老鹰的声音一点区别都没有。还在睡梦中的鸟类都把眼睛睁开，抬头紧张地看着天空。

夜鹰继续往上飞，直到山林的火焰看起来极其渺小，夜鹰依然没有停止向上飞的脚步。

因为温度太低了，它的胸口有气息凝结所形成的白冰；因为空气太稀薄了，它只有持续挥动翅膀才行。

远方星星的大小却一点变化都没有。

现在的它呼吸起来都非常费力，它的身体遭到冷风和冰霜的双重打击。最后，夜鹰的翅膀麻木了，它的眼眶里蓄满泪水，再次看向天空。没错，这就是夜鹰临死前的片段。至于夜鹰后来是坠落，还是升天，是头下脚上摔落，还是完全反过来的，无人知晓。只是有一点可以肯定，它的心情是宁静的，因为它的嘴角有笑容，哪怕渗血的大嘴已经有些扭曲。

过了一段时间以后，夜鹰把眼睛睁开，看着自己的身体化为美丽的蓝色光芒，进入燃烧状态。

它和仙后座紧紧挨着，就在银河苍白的流光后方。

夜鹰座持续燃烧着，没有停下来过。

直到现在依然如此。

座敷童子的故事

　　这是作为人类的我们所说的和座敷童子相关的故事。

　　在一个晴空万里的白天，大家都去山上干活了，庭院里只有两个孩子在玩耍，大屋子里一个人都没有。

　　突然，"沙沙"的扫帚扫地声从大屋的某个房间传出来。

　　两个孩子挤在一块儿，手拉手，轻手轻脚地去看了一下。可是他们找遍了所有房间，也没有看到人，而且刀箱也在原处摆放着，围墙的扁柏葱翠，一个人影都没有。

　　可是他们依然可以听到"沙沙"的扫帚扫地声。

　　是远方百舌鸟在叫？还是北上川流水的声音？还是谁在哪里扬箕筛豆呢？两个孩子边猜想着，边仔细聆听，可是觉得这样的声音都不对。

　　但他们的确可以听到"沙沙"的扫帚扫地声。

　　他们又轻手轻脚地挨个儿查看了一遍房间，依然没有发现人的踪影，只有阳光照耀着地面。

　　这就是座敷童子。

　　"逛街去喽！逛街去喽！"

　　正好十个孩子围成一个圈，边大声叫嚷着边在大厅里转来转去。孩子们都是被这家请过来玩的。

他们转了一圈又一圈。

就这样不停地转啊转啊，突然，孩子多了一个。

每张面孔都是熟悉的面孔，每张面孔又都不一样，可是无论怎么数，都是十一个孩子。大人们说，多出来的那一个肯定就是座敷童子了。

那么到底是谁多出来了呢？孩子们都瞪大眼睛，老老实实地坐着，想证明自己可不是座敷童子。

这就是座敷童子。

后来，又有这样的事发生了：

在旧历八月初的如来祭那天，某个大族的本家都会请来家族里的孩子。有一年，因为有个孩子得了麻疹，这一年就暂停邀请了。

"我要去如来祭拜佛爷，我要去如来祭拜佛爷。"那孩子躺在床上，每天不停地念叨着。

"节日会往后推迟的，你只要赶紧好起来就行。"本家奶奶在探望他时，安慰他说。

那年九月，孩子的病终于好了。

当然啦，大家又都欢聚在一起。可是因为如来祭被推迟了这么久，其他的孩子本来应该得到的兔子礼物也被送给了生病的孩子，所以他们并不觉得好玩。

"都是因为他，我们才失去了乐趣。今天他来了，我们都不要和他一起玩。"孩子们商量着。

"啊，来啦，来啦。"孩子们在大厅里玩得正高兴，忽然有个孩子叫道。

"好，大家都躲起来。"于是大家就都躲到了后面的一个小厅里。

让人没想到的是，得麻疹的那个孩子原本还没有进来，这时却已经在大厅中央坐了下来。他非常瘦，也非常白，一脸悲伤，还把崭新的小熊玩具抱在怀里。

"座敷童子！"一个孩子尖叫着跑开了。大家全都叽哇叫着跑了出去。座敷童子放声大哭。

这就是座敷童子。

此外，某天，北上川朗妙寺附近那条河的船夫也告诉我：

"旧历八月十七的晚上，因为喝酒的原因，我很早就躺下休息了。'喂，喂。'对岸突然有人在叫。我赶紧爬起来，来到船篷外面，头顶有个大大的月亮。我赶紧把船撑到对岸，原来是个身穿纹饰和服，腰间别着一把刀，下着长袴，穿着白丝麻草鞋的美丽小孩子站在那里。我问他要过河吗，他说拜托了，于是到了船上。当我把船撑到河中央时，我假装看其他地方，用余光看了眼那孩子。他安静地坐在那里，双手在膝盖上放着，抬头看着天空。

"我问他来自哪里，又要到哪里去。小孩子轻柔地说，在笹田家住的时间太长了，住够了，想去别的地方。我问他怎么会住够了呢，他没再回答我，只是笑笑。我又问他现在去哪里，他说去更木的斋藤家。船到岸以后，小孩儿马上就消失了。我坐在船篷口，不知道刚刚这一切是不是在做梦。可是我觉得这一切肯定是真的。没过多久，笹田家便不行了，而更木的斋藤，竟然恢复了健康，儿子也从大学顺利毕业，成了一个杰出的人才。"①

　　这就是座敷童子。

---

　　①　日本民间传说，座敷童子会给人们带来好运，只要家里有座敷童子的踪迹，这户人家便会兴旺发达，否则的话，就会破败。——译者注

橡子与山猫

一个周六的傍晚，一郎家收到一张奇怪的明信片。

上面是这样写的：

金田一郎阁下：

　　想来您最近一切都好，祝您事事如意。

　　明天将要审理一场麻烦的官司，还希望您能到场。

　　可是千万不要带枪支、弓箭等武器。

山猫　奉上

九月十九日

明信片上的字真的很丑，而且用的是非常低劣的墨汁，脱落的墨汁让一郎的手都变黑了。可是一郎仍然很兴奋。他把明信片塞到书包里面，然后在屋里高兴地跳起舞来。

直到晚上睡觉时，他依然在脑海中畅想着山猫的"喵喵脸"，还有明天那场难打的官司，过了很久才进入梦乡。

等一郎睡醒时，天已经大亮了。他从家里步行出去，看到周围层峦起伏的山峰，就像从地下突然冒出来一样，在蓝天下绵延不尽。一郎快速把早饭吃完，一个人沿着溪谷旁的小道走向上游。

迎面吹来凉凉的清风，栗树上的栗子纷纷掉落。一郎抬头问栗树：

"栗树啊栗树，你看到山猫经过这里了吗？"

栗树暂停撒栗，回答道：

"我看到今天天一亮，山猫就坐在马车上，飞向东方了。"

"你确定是东方吗？我正好要朝那个方向走。可是奇怪，为什么我没有看到它呢？那我再继续往前走走吧。太感谢你了，栗树。"

栗树没有再回答他，又开始撒起栗子来。

一郎又走了一会儿，发现前方是吹笛瀑布。它之所以叫这个名字，是因为在一层白色的岩崖壁中间有小孔穴，水从孔中喷涌而出，有吹笛一样的声音发出来，从而形成瀑布。流水一直落到谷底。

一郎对着瀑布大叫道：

"喂，喂……吹笛的，你有没有看到山猫经过这里？"

吹笛瀑布"哗啦啦"地答道：

"山猫吗？刚刚它坐在马车上，驰向西面了。"

"咦，这是什么情况？西面是我家的方向啊！那我再往前走走看看。太感谢你了，吹笛的。"

瀑布继续吹着笛子。

一郎又往前走了一会儿，前面出现了一棵山毛榉树，一堆白色的草菇生长在树下，正弹奏着美妙的音乐，自娱自乐。

一郎蹲下来问：

"草菇们，你们有没有看到山猫经过这里？"

草菇乐队回答道：

"山猫吗？今天天一亮，我们看到它坐在马车上，朝南面去了。"

一郎有点奇怪地说：

"南面不是向深山里去了吗？太不正常了。那我再继续往前走走看吧。太感谢你们了，草菇乐队。"

草菇乐队没再说话，继续演奏它们的音乐。

一郎又往前走了一会儿，一棵核桃树出现在前方，一只活蹦乱跳的小松鼠在枝上跳来跳去。一郎挥手示意它停下来，问道：

"小松鼠，你有没有看到山猫经过这里？"

松鼠用手搭了个凉棚，从上到下看着一郎说：

"山猫吗？今天黎明我就看到它坐在马车上，驰向南方了。"

"怎么又是南方？两个不同的地点怎么都说是南方？那我再往前走走看看。太感谢你了，松鼠。"

松鼠转过身走了，一会儿就不见踪影了，只剩下轻轻晃动的核桃树尖的枝丫，微微抖动的山毛榉的叶子。

一郎又往前走了一会儿，脚下这条沿着溪谷的小道愈加窄了，最后竟完全没有路了。幸好有另一条小路出现在溪谷的南面，通向黑漆漆的椚树森林。一郎便来到这条小路上，继续往上走。头顶上密密麻麻的全是椚树树枝，连蓝天都看不见了。小路陡峭极了，沿着斜坡往上走的一郎累得气喘吁吁的。终于，眼前射过来一道亮光，原来自己已经来到了一片闪光的大草原，风吹草低，还可以听到沙沙的声音。草原周围则是浓密的暗绿色椈树森林。

一个矮个子男人正站在草地正中间往一郎这边看，他长得很奇怪，手里拿着皮鞭，膝盖是弯的。

一郎向那男人走去，直到走到他面前，才赶紧停下了脚步。他可被吓得不轻。原来那男人是个"独眼龙"，失明的那只眼睛正上下滚动着。他身上的衣服也很奇怪，像外套又像短褂，而他的双足更像山羊脚一样弯着，足尖的形状竟如同饭勺。

"你见过山猫吗？"

那男人用一只眼看了看一郎，歪着嘴笑着说：

"山猫大人马上就回来了，你是一郎吗？"

一郎心中暗自惊讶，往后退了一步说：

"我就是一郎，你怎么知道我的名字的？"

那奇怪的男人笑得很夸张：

"看来那张明信片你收到了？"

"没错，我就是看到明信片的内容，才会到这来的。"

"唉，上面的措辞可真是不太好。"怪男人叹息着说。

一郎觉得他看上去挺可怜的，便安慰他说：

"我觉得还好啊，写得挺有水平的。"

怪男人听了，露出一脸兴奋的表情，呼吸加快，脸涨得通红。他把上衣衣领拉开，想让自己透透气。

"那些字呢？写得好看吗？"他又提了一个问题。

一郎再也忍不住了，笑出了声，回答道：

"字也写得挺好的，五年级的学生可能都写不到那么好。"

怪男人听了不太高兴，急切地问道：

"五年级学生？你是说小学五年级吗？"

他说这话时声音很小，听上去很是可怜。一郎的同情心又开始泛滥，开始说道：

"不，不，是大学五年级学生。"

怪男人顿时精神抖擞，整个嘴巴都咧开了，高兴地说：

"那张明信片就是我写的。"

一郎强行把笑压下去，问道：

"那你究竟是谁呢？"

怪男人马上表现得特别严肃，说道：

"我是山猫大人的马车夫。"

他的话音刚落，就突然刮起了一阵旋风，整片草原被吹得乱糟糟。马车夫赶紧恭敬地鞠了个躬。

一郎疑惑地转过脸去看，只见山猫把绿眼睛瞪得圆圆的，披着黄色披风，就在自己身后站着。一郎不由得想道，原来山猫的耳朵真的如传说所说，是直立向上的。不等一郎开口，山猫就已经点头回了礼。一郎也立刻恭敬地回礼：

"您好，我很感谢您昨天给我寄来的明信片。"

山猫把胡须捻直，把肚子腆起来，说：

"对于您的大驾光临，我深感荣幸。我之所以请您来，是因为前天发生了一场棘手的争论，让我在裁决时遇到了难题，因此我想问问你是怎么想的。请坐，先休息一会儿，橡子们马上就到了。唉，每年因为类似的争论，我都要头痛一番。"

山猫把卷烟盒取出来，先叼了一支到嘴上，而后把卷烟盒递给一郎，说：

"要不要来一支？"

一郎像受到惊吓一样，连连摆手道：

"不，我不抽烟。"

山猫笑得很大声：

"哈哈，没错，你年纪还小。"边说边划了一根火柴，顺势吐出一口青烟。山猫的马车夫一直毕恭毕敬地站在旁边，这时全力忍受着香烟带给他的诱惑，眼泪都流下来了。

这时，一郎脚下响起一阵像干炸盐巴一样的噼啪声。他吃惊地弯下腰，想要看看是怎么回事，只见很多闪闪发光的小圆球出现在草丛中，再仔细查看一番，发现原来是身穿红裤子的橡子，有三百多个。它们"叽哇"叫着，也不知道在争论什么。

"看，它们来了，就像蚂蚁军团一样。喂，赶紧摇铃。前面那片地的阳光比较好，你去把上面的草都割下来。"山猫把指头上的卷烟丢掉，向马车夫命令道。

马车夫马上把腰间的一柄大镰刀抽出来，迅速来到山猫所说的那块草地，割掉上面的草。刚割完，那群闪光的橡子就从周围的草丛中翻滚出来，叽里呱啦地叫嚷个没完。

马车夫再次清脆地摇起铃，整座椎树林都可以听到。金色的橡子们听到铃声，也慢慢不再吵嚷。山猫早就把一件黑色袍服穿在身上，一脸威严地坐在橡子面前。看到这架势，一郎觉得很像信徒朝拜奈良大佛的场景。马车夫在一旁用力地甩了两三下皮鞭。

今天的天气很好，太阳当空照。橡子闪着金光，一切都是那么美。

"今天是开庭第三天了，我提议你们不要再争论下去了，和解行吗？"尽管山猫知道这样无济于事，可依然尽力做着最后的调解。

橡子们马上一蹦三尺高，纷纷叫道：

"不行，不行！不管怎样，头最尖的一定是最伟大的！而我的头是橡子中最尖的。"

"你说得不对，头最圆的才是最伟大的！而在橡子中，我的头才是最圆的。"

"你们都说得不对！最伟大的应该是个头儿最大的那个！而在橡子中，我的个头儿是最大的，所以我才是最伟大的。"

"你歇歇吧！我的个头儿远远超过你，昨天山猫法官就是这样说的。"

"不，都不对！最伟大的应该是个子最高的那个。"

"胡说！评最伟大的，应该以力气为标准。最伟大的应该是力气最大的那个。"

橡子们你一言我一语，丝毫没有停下来的架势，吵得人头都大了。

山猫大喝一声：

"安静，安静！不准再吵了，这里可是严肃的法庭。"

马车夫用力甩了一下皮鞭，橡子们全都住了嘴。

山猫捻了捻胡须，又劝解道：

"今天是开庭第三天了，我建议你们平静下来，和解可以吗？"

"不行，不行！最伟大的一定是头最尖的那个……"

又是新一轮的吵嚷……

山猫再次大叫道：

"安静，安静，不要再吵了，这里可是严肃的法庭！"

马车夫再次用力甩了下皮鞭，橡子们重新住了嘴。

山猫小声问一郎：

"看到了吗？这事应该怎么办？"

一郎笑着说：

"这样吧，你跟它们说，最伟大的头衔要归属于那个最愚昧的、最难看的、最没有出息的，而且头还是扁的。这是我从佛经中学到的。"

山猫顿时明白过来，点头称赞，随即摆出威严的样子，把黑色袍服的衣领敞开，把里边的黄色披风稍微露出来一点，开始公布判决结果：

"现在，请保持安静，我要宣判了。你们中间那个最愚昧的、最难看的、最没有出息的，而且头还是扁的那个，就是最伟大的。"

橡子们顿时呆若木鸡，都安静地愣在原地，一句话也说不出来。

山猫把黑色袍服脱掉，把额头上沁出来的细密的汗珠擦掉，把一郎的手紧紧握在手里。马车夫也很高兴，用力甩了几下皮鞭。

山猫对一郎说："真是太感谢您了，这样麻烦的官司，您只用了一分半钟就帮我解决好了。我现在郑重地邀请您出任敝法庭的名誉法官。今后您如果再收到明信片，还请您大驾光临。每次我都会献上薄礼，以表示感谢。"

"没问题，不过谢礼就不用了。"

"不，请您一定要把谢礼收下，这和我的人格有关。与此同时，以后在明信片上，我会在收信人那一栏写下金田一郎阁下，落款是山猫法庭，可以吗？"

"可以。"一郎说。

山猫还准备再说什么，不停地眨眼捻须，过了很久，才鼓足勇气说：

"此外，明信片上我可以这样吗：'有要事与阁下商议，还请明日大驾光临。'这样好吗？"

一郎笑着说：

"不需要这么文质彬彬。"

对于自己刚刚的表述，山猫觉得很遗憾，害羞地低下头捻须，半晌过后，终于说道：

"那好，那就还是按照之前的措辞写。这次的谢礼，你是想要一升的金橡子呢，还是咸鲑鱼的鱼头？"

"我选金橡子。"

因为一郎没有要咸鲑鱼头，山猫似乎还挺高兴的，它大方地对马车夫下令道：

"赶紧去拿一升金橡子来！如果不到一升，弄点镀金的也可以，赶紧去。"

马车夫把刚才吵闹个不停的金橡子全部装到升斗里，大叫一声：

"正好有一升！"

在风的吹拂下，山猫的披风发出呼呼的响声。他舒适地伸了个懒腰，打了个哈欠，说道：

"嗯，你去准备马车吧！"

马车夫把一辆白色大草菇制的马车牵过来，一匹长得很奇怪的灰马在前面拉车。

"请坐上来，我们送你回家。"山猫对一郎说。

他们坐到马车上面，马车夫把一升金橡子也一块放到车上。

驾！驾！驾！

马车从草原上开始起飞，越飞越高，渐渐看不清树木和草原。一郎低头看了眼金橡子，山猫则悠闲地看着前方。

马车越来越靠近一郎的家，橡子的金色光泽慢慢黯淡下去。等到马车停在家门口时，那些橡子竟全部成了普通的茶褐色橡子，而山猫和它的黄色披风、马车夫、草菇制的马车，也在瞬间消失了。只剩下一郎把装着满满的橡子的升斗抱在怀里，在自家门口站着。

自那以后，一郎就再也没有收到过写有"山猫奉上"的明信片了。"要是当时答应山猫写那句'望明日大驾光临'就好了！"这种想法时不时就会出现在他的脑海里。

双子星

双子星一

在银河西岸，有两座明亮别致的水晶宫，两颗和荆草孢子差不多大小的星星就住在那里，而这两颗星星正是冲榭童子和宝榭童子①两位双子星之神。

这两座水晶宫的位置是相对的。一到晚上，这两位星星之神就会共同回到宫里，端端正正地坐好，和着《巡星之歌》②，一整晚都吹着响亮的笛声。两位星星之神每天就是做这些工作。

一天，天刚蒙蒙亮，太阳公公大摇大摆地晃动着身躯，缓缓从东边升起。这时冲榭童子把银箱放下来，开口问宝榭童子：

"宝榭，今天的工作就到此为止吧！你看，太阳公公都已经升到了天空上，云儿也闪耀着白光，要不我们今天去西边原野的泉水那边看看吧？"

---

① "冲榭"和"宝榭"是一对年纪尚小的兄妹，在这里可以理解为代表宫泽贤治和他早逝的妹妹。——译者注

② 宫泽贤治自己作词填曲的歌，在日本极负盛名。——译者注

宝榭童子似乎还在做梦，眼睛还没有完全睁开，继续吹着银笛。

冲榭童子走下水晶宫，把鞋子穿好，来到宝榭童子宫殿的台阶上，将刚才的话又说了一遍。

"宝榭，可以结束了吧？你看，东边的天空已经很亮了，下界的鸟儿们也睡醒了。今天我们要不要去西边原野的泉水那里玩，我们可以用风车腾云驾雾，驾虹畅快地飞翔！"

这时宝榭童子才回过神来，赶紧把笛子放下来说：

"啊，冲榭，很抱歉。天已经这么亮了呢！我现在就去把鞋子穿好。"

宝榭童子把白贝壳做成的鞋子穿好，和冲榭童子快乐地唱着歌，走向天空美丽的草原。

> 天上的白云啊！
> 快打扫干净太阳公公将要走过的路，
> 把亮光洒上去吧！
> 天上的青云啊！
> 快埋藏起，
> 太阳公公路上那些碎石砾吧！

两人很快就来到了天空之泉。

在晴好的晚上，在下界可以清晰地看到这道泉。它就位于银河西岸附近，周围有青色的小星子们。泉底还可见青色小石。从石缝间流出的清流缓缓向银河的一端流去，形成一道飞流直下的细长的白练。在人间大旱的时节，瘦弱的夜鹰和杜鹃一面静静地看着那道白练，一面猛吞口水。那个地方不管什么样的鸟儿都飞不过去。可是，天上的大乌星、蝎子星，以及兔星却可以轻松飞过去。

"宝榭，我们先在这里建一个小瀑布吧！"

"好啊，就这样干！我搬石头去。"

冲榭童子把鞋子脱掉，走进小溪里，宝榭童子便从岸边开始把手边的石头收集起来。

此刻，苹果的清香在夜风中回荡，那正是西边天空银色残月所散发出的气息。

突然，有洪亮的歌声从原野那边传来。

> 银河西岸边的天空之井啊！
> 水流滢滢，波光旖旎，
> 碧蓝的星子，环绕四周。
> 那正是夜鹰、猫头鹰、白颈鹤、松鸦们
> 做梦都无法抵达的香格里拉啊！

"啊，是大乌星。"两人齐声说道。

大乌星正一摇一晃地从对面走过来，一边走一边把天空的芒草拨到一边。身披漆黑的斗篷的他，还把冬天穿的筒裤裹在大腿上。

看见两人，大乌便没再继续往前走，很有礼貌地和他们打了个招呼。

"啊，冲榭童子和宝榭童子你们好。今天的天气真好啊！可是正因为天气太好，再加上昨晚唱歌时间太久了，我有点口渴，麻烦借过一下。"大乌边说边把头伸到泉水里。

"没关系，请尽管喝吧！"宝榭童子说道。

大乌一口气连喝了三分钟，之后才抬头眨了眨眼，用力把满头的水晃干。

这时，又有激昂的歌声从对面传来。大乌的脸色立马变了，身体竟然剧烈晃动不已。

> 南边天空上，
>
> 红眼睛的蝎子星，
>
> 他那大剪刀和毒钩的厉害，
>
> 只有呆头乌才明白。

大乌听到这首歌，被气得七窍生烟，说道：

"又是蝎子星那个坏蛋，干吗总喜欢叫人家呆头乌这种不好听的绰号？你们等着看，要是一会儿他过来了，我一定要把他那双红眼挖出来。"

冲榭童子听到这话，赶紧说道：

"大乌，你不能那样做，会让星星王知道的。"可是当他正在说时，红眼的蝎子星已经从对面晃晃悠悠地过来了，手里还拿着一把大剪刀，身后拖着一条长尾巴。喀啦喀啦的声音持续回响在安静的天之草原上。

大乌气极了，扇动着翅膀准备扑向他，可是被双子星拼命拽住。

蝎子斜着眼睛看了一眼大乌，移动着身躯来到泉水的深处。

"哎呀，真是口渴啊！双胞胎们，你们好啊！真的很对不起，让我先喝口水吧！咦，这水怎么有股土味？一定是哪个漆黑的笨蛋把整个头都埋进去了吧？唉，没办法，只好先将就一下了。”

然后，蝎子就不带喘气地一连喝了十分钟。喝水时，又朝着大鸟所在的方向，用带着毒钩的尾巴用力拍打着地面，似乎在对他进行侮辱。

这下大鸟再也忍不了了，张大翅膀冲蝎子叫着。

“喂，蝎子！你这个家伙刚刚就一直在那骂什么呆头鸟，要是你现在给我道歉的话，我就不跟你计较了。”

蝎子把头抬起来，转动着赤色的眼睛，就像燃烧的火焰一样。

“奇怪，谁在跟我说话啊？是红色那家伙，还是灰色那家伙呢？就让他领教一下我的毒钩有多么厉害吧！”

气愤至极的大鸟径直飞了上去，同时叫道：

“什么事嘛！也太目中无人了！我就让你尝尝头下脚上倒吊着，从天空掉下去是什么滋味！”

蝎子也生气了，于是快速把庞大的身躯扭转过来，把尾钩对着天空，向天空刺去。大鸟用尽全力飞升向上，把这一击躲开以后，像射枪一样用喙对准了蝎子的头，便俯冲直下。

眼前这种激烈的场景，冲榭童子和宝榭童子根本无法插手制止，于是蝎子头部受了很严重的伤，大鸟胸膛被蝎子的毒钩刺中，两具躯体重叠在一起，发出痛苦的呻吟后，终于都昏死过去了。

蝎子的血从天空流过，把一朵朵让人不悦的云都染成了红色。

冲榭童子赶紧把鞋子穿好，对宝榭说道：

"糟了，大乌中毒了，得赶紧帮他把毒吸出来才行。宝榭，你可以帮我制服住大乌吗？"

于是宝榭也赶紧把鞋子穿好，赶到大乌身后，把他的身躯用力抓紧。当冲榭童子用嘴抵住大乌胸前的伤口时，宝榭童子说道：

"冲榭，千万不要吞毒血哦，吸出来之后就要赶紧吐掉。"

冲榭童子默默地开始吸毒血，吸了又吐，一连进行了六次，大乌才缓缓醒过来，把眼睛张开一条缝说：

"唔，很对不起，我怎么了？不是已经把那个坏蛋制服了吗？"

冲榭童子开口说：

"赶紧去泉水那边把伤口洗洗吧，你自己可以走吗？"

大乌颤颤巍巍地站了起来，朝蝎子的身体投去一瞥，再次摇晃着身体说：

"天空的害虫！真是便宜你了，竟然让你死在天空。"

两人赶紧把大乌带到水流的地方，彻底洗干净伤口以后，又吐了两三口芳香的气息在伤口处。

"哪，你慢点走，趁着现在天还没黑，赶紧回家吧！下次可不要再这样了，星星王们肯定都知道的。"

大乌一副垂头丧气的样子，翅膀耷拉在两边，不停地向两人表示谢意。

"谢谢你们，谢谢你们，以后我一定会小心点的。"大乌边说边跟跟跄跄地走向银芒遍布的原野另一头。

两人继续查看蝎子伤得怎么样了。尽管蝎子头上的伤口很深，可是却已经不再流血了。于是他们引来一些泉水，帮他把伤口清洗干净以后，又轮流朝伤口吹了点气息进去。

当太阳公公已经升到天空中央时，蝎子终于缓缓地把眼睛睁开了。

宝榭童子抹了一把汗说：

"你感觉如何？有好一点吗？"

蝎子用细不可闻的声音说：

"大乌那坏蛋死了吗？"

这话可把冲榭童子惹生气了：

"你自己都快要活不成了，你还只牵挂这件事吗？赶紧回家休息去吧！一会天黑了可就不好办了。"

蝎子眼中有奇特的光芒在闪烁，说道：

"双胞胎，可否请你们送我回去啊？既然你们已经帮助我了，何不帮到底呢？"

于是宝榭童子说：

"那好吧，我们就送你一程！你把我抓紧！"

冲榭童子说：

"你把我也抓紧吧！我们必须快点，要不然天黑前就回不了家了，今天星星的巡行可就看不到了。"

蝎子攀附在两人身上艰难前行着。可是蝎子实在是太沉了，体型相当于冲榭和宝榭的十倍多，那两人的肩骨都快要折了，扭成的角度要多奇怪有多奇怪。

可是他们并没有说什么，只是憋着一股劲，坚持往前走着。

蝎子的尾巴拖在地上，发出刺耳的声音，因为难以呼吸，所以一边踉跄着往前，一边呼呼地喘着粗气。以这样的速度前行，一小时也甭想走一公里。

因为蝎子的体重和架在他们肩膀上的钳子已经深深地陷进他们的肉里，童子们的肩膀和胸膛都已经慢慢麻木了。

天空的原野有白光在闪烁，他们已经经过了七道小河流和十片草原。

童子们已经觉得头痛欲裂，尽管他们已经不知道他们自己现在是什么姿势，可是仍然继续往前走着。

已经六个小时过去了，大概还得一小时半才能到达蝎子的家吧！太阳都已经快要落山了。

"能不能再快一点呢？因为我们得在一个半小时内回到自己的家，可是这样的话你会不舒服对不对？"宝榭童子问道。

"嗯，可以的，再快一点没问题。你们真是大好人。"蝎子哭出了声。

"嗯，那就再快一点！伤口受得了吧？"冲榭童子强忍着肩膀的不适问道。

太阳公公像往常一样连晃了三次，之后就从西边的山头落下去了。

"我们必须回去了。真是的，怎么办，有没有人可以过来帮忙啊？"宝榭童子朝周围发出呼喊，可是天空的原野寂静无比，连回声都听不到。

西边的云散发出炽烈的焰芒，而蝎子的眼睛里也有伤感的火红余晖在闪烁。看起来，可以发出强光的星星们都已经把银色的铠甲穿好了，唱着歌在遥远的天空那端发光了。

"看到一颗星了，快去跟老大他们说！"下界里，有个孩子望着天空叫道。

冲榭童子说：

"蝎子，再有一下就到了，你能再快一点吗？你已经很累了吗？"

蝎子难过地说道：

"我已经使出全身的力气了，马上就要到了，麻烦你们多担待我一些。"

　　星星啊，星星啊！
　　不会只有一颗星独亮。
　　数以万计，
　　群星共同闪耀。

下界的孩子们叫道。西边的山头已经漆黑一片，而星星们则各自散落在山头各处。

冲榭童子的后背，已经快要折断了。

"蝎子，今晚的时间我们已经延误了，肯定会遭到星星王的责骂。严重的话可能还会被流放呢！可是假如你出现在了平常不该出现的地方，整个天空都会变得很不幸。"

"我也快要累死了，蝎子啊，请你打起精神来赶紧回去吧！"

说完这句话以后，宝树童子再也坚持不住，直接瘫软在地。

蝎子哭着说：

"很抱歉，我真是太笨了。和你们相比，我真是差太远了。以后我一定会洗心革面，重新来过。"

这时，从天空那端飞来身穿闪闪发光的水蓝光外套的闪电，全身熠熠生辉，把手伸向童子们说：

"我是在星星王的命令之下来迎接二位的。请两位把我的斗篷抓紧，我将把你们带到自己的宫殿中去。不知道怎么回事，星星王从刚刚开始就一直很高兴。还有，蝎子，直到刚刚，你都还是个令人讨厌的家伙呢！哪，现在大王把这颗药赐给你，请你赶紧吃下去。"

于是童子们叫道：

"蝎子，再见了！请赶紧吃药吧！然后请你记住你刚刚所说的话。再见！"

之后两人一起把闪电的斗篷牢牢抓在手里，而蝎子呢？他将很多只手摆在身前，把头放在地上，吃过药以后，又毕恭毕敬地朝两人行了礼。

在闪电持续闪烁的光芒中，不知道什么时候，他们已经来到了刚才的泉水旁边。闪电这时开口了：

"请你们二位好好把身体清洗干净，然后把大王新赐的衣服和鞋子穿上。还有十五分钟，你们不用太着急。"

双子星们兴奋地洗干净自己的身体，把散发着芳香气味的蓝光薄绸套在身上，再把闪烁着洁白光芒的新鞋穿上。经过一番收拾以后，所有疼痛和疲惫都已经消失了，身心变得无比清爽。

"那么我们该走了吧！"闪电说道，所以两人又赶紧把他的斗篷抓紧，在紫光闪耀中回到了自己的宫殿前。扫了一眼周围，闪电已经消失了。

"冲榭童子，赶紧准备吧！"

"宝榭童子，赶紧准备吧！"

两人来到宫殿的阶梯上，面对面坐好，然后把手边的银笛拿起来。

这时天边正好响起《巡星之歌》。

红眼睛的蝎子里，
鸳鹰把大翅膀张开；
蓝眼睛的小犬星，
盘蜷的蛇放光芒。

猎户座大声歌唱着，
洒下露水与白霜；
仙女座的星云是
鱼儿嘴巴的形状。

大熊脚朝北边伸去，
五星联机的那一方。
小熊额头的星星是，
天旋地转正中央。

双子星神也吹起了银笛，响亮的歌声回荡在四周。

双子星二

（在银河西岸，有两座明亮别致的水晶宫，两颗和荆草孢子差不多大小的星星就住在那里，而这两颗星星正是冲榭童子和宝榭童子两位双子星之神。这两座水晶宫的位置是相对的。一到晚上，这两位星星之神就会共同回到宫里，端端正正地坐好，和着

《巡星之歌》，一整晚都吹着响亮的笛声。两位星星之神每天就是做这些工作。）

一天晚上，天上乌云密布，乌云下面下起了倾盆大雨，两人像往常一样，在明亮的水晶宫前端坐，吹奏银笛。

忽然飞过来一颗巨大又疯狂的彗星，一阵闪烁着蓝白光芒的雾暴瞬间出现在两人的水晶宫前。彗星说：

"喂，双子蓝星，我们一起出去玩吧？看今晚这样的天气，偷点懒没事啦！即便下界有遇难的船想通过星星来辨别方向，这么厚的乌云，他们想看也看不见。今天天文台的观星人员也放假了，大家都哈欠连天呢！那些观察星星的假装很老道的小学生们，也因为下雨的缘故，在家里休息呢！而且，即使你们不吹笛子，星星们也会和平常一样运行。好不好？出去玩玩吧！我一定在明晚之前带你们回来。"

冲榭童子停止吹笛子，回答道：

"可能阴天星星王会答应我们，不用吹笛子，可是我现在只是吹着过过嘴瘾而已。"

宝榭童子也停止吹笛子，说道：

"可是假如把工作放到一边，自己跑出去玩，应该会遭到星星王的谴责吧！因为天气不知道什么时候会变好，这事谁说得准呢！"

彗星又说：

"不用担心啦！星星王之前就跟我交代过，说等哪个晚上如果天气变阴了，就带两个双胞胎出去转转。因此，走吧，走吧，我可是个非常有意思的伙伴呢！你们知道吗？我可是有'天空的鲸鱼'这个外号呢！无论是像沙丁星那种瘦弱的小星星，还是像鲫鱼那样的黑色陨石，我只要把嘴巴张开，一下子就把它们咽进去了。此外，当我用尽全力冲刺，又突然来个大转弯时，那才叫个痛快！整个身体，甚至光芒内部的骨节，就像要瓦解一样咔嚓作响。"

宝榭童子说道：

"那么冲榭，我们走吧！看来大王已经允许我们出去玩啦！"

冲榭童子答道：

"可是，大王确实这样说过吗？"

彗星开口道：

"哎呀！假如我没有说实话，那就让我脑袋开花吧！从头到尾都碎裂，即便是掉到海里变成海参都可以。我像是会说假话的人吗？"

于是宝榭童子说：

"那么你敢以星星王的名义发誓吗？"

彗星坦诚地答道：

"嗯，要我发誓也没问题。星星王啊！请见证这一切。今天我在大王的命令下，带双子蓝星出游。喂，这样总行了吧？"

两人齐声答道：

"嗯，可以了，那我们走吧！"

这时彗星忽然变得很严肃：

"那么就赶紧把我的尾巴卷起来吧！攥紧了哟！哪！好了吗？"

两人把彗星的尾巴紧紧攥着，而彗星把蓝白光芒收成一束以后说道：

"那么，要走喽！叽叽呼——叽叽呼——"

彗星真不愧是天空的大鲸鱼，只要他到的地方，小星星们都躲得远远的。很快，他们就已经飞出去好远，离冲榭和宝榭的宫殿愈加远了。这时回头一看，才发现两座水晶宫已经变得极其渺小。

冲榭童子说道：

"我们已经飞了好远了呀！银河瀑布的落口还没有到吗？"

忽然，彗星的态度发生了巨大的转变。

"哼，想要到银河的落口，倒不如先到你们的落口吧！一二三！"

彗星剧烈地摆动彗尾，掀起一阵巨大的雾暴，一下子吹垮了冲榭和宝榭，二人同时坠落。

两人向黑蓝色无尽虚空里快速坠落下去。

看到这情景，彗星笑道：

"啊哈哈，啊哈哈！刚刚的誓言都是假的！叽叽叽，呼——叽叽叽呼——"他边猖狂地笑着，边快速飞向天空的那头，而向下坠落的冲榭和宝榭则彼此紧紧攀附着对方。他们已经想好，无论掉到哪里，两人都不要分开。

两人的身体从大气穿过去以后，周围剧烈响起的火花让他们不由得感到头痛欲裂。之后，两人从漆黑的乌云穿过去，最终径直落入了暗潮涌动的海中。

两人的身体一直往下，可是令人难以置信的是，他们竟然可以在水中自由地呼吸。

巨大黑色的生物在海底沉睡，上面还漂浮着杂乱的海草。

冲榭童子说道：

"宝榭，这里就是海底了吧！天空我们已经回不去了，今后我们还会遭遇什么呢？"

宝榭童子回答道：

"我们遭到了彗星的欺骗。他甚至在星星王面前说谎话，这个家伙真是太令人讨厌了。"

这时他们突然听到了说话声，原来是一只发着红光的星形小海星在说话：

"你们来自哪个海里啊？还有蓝色海星的徽记呢！"

宝榭童子答道：

"我们不是海星，是星星。"

听了这话，海星很是气愤：

"什么话嘛？还星星呢？海星们不也是星星嘛！你们现在不也沦落至此？有什么好拽的呀？而且你们现在还是海星的新人呢！刚来的坏家伙！既然你们做了坏事来到这海底，就不要想着以星星的身份自居了！当初我们在天空时，还是最杰出的军人呢！"

宝榭童子悲哀地看着头顶上方。

这时正值雨过天晴，海面非常平静，从海底可以清晰地看到天空。从这深沉的海底看过去，可以看到银河、天空之井，或是天鹰之星、天琴座等，甚至可以看到那两座小小的水晶宫。

"冲榭，那片澄澈的天空我已经可以看到了，还有我们的水晶宫。尽管是这样，我们却已经变成海星的样子了。"

"宝榭，我们现在已经无计可施了，就在这里跟天空的星星们说再见吧！还有，尽管没办法再看到星星王的身影，还是要跟他说声对不起才行。"

"星星王啊，再见！以后我们就成为海星了。"

"星星王啊！再见！我们太笨了，竟然被彗星给骗了，因此从今以后，我们将待在这黑暗海底了。"

"星星王，再见了，天上的星星们，再见了。祝福你们在天空可以一直繁荣昌盛。"

"星星们，再见了，还有诸位令人崇敬的万物之王们，请你们一直让天界保持繁荣。"

他们被红色海星们包围在中间，个个对他们颐指气使。

"喂，把你的衣服给我！"

"喂，把你的剑给我！"

"拿钱来交税！"

"再变小一点！"

"帮我把鞋子擦了！"

这时，忽然有"轰——轰——轰——"的咆哮声传来，从众海星的头顶上方游过一只黑色的巨型物体。众海星们都赶紧向他行礼，原本准备通过的黑色巨兽突然停了下来，把他们两人上上下下打量了一番后说道：

"哈哈，原来是有新兵啊！看来还不会行礼呢！你们难道不认得我吗？我可是有'海中彗星'的称号呢！知道吗？无论是像沙丁鱼那样的小鱼，还是像鲫鱼那样的瞎眼鱼，我都可以一口吞下他们。还有，当我笔直游向前面，慢慢转弯画个圈，再次回到笔直线路时，才叫个惬意呢！就像全身的油都化掉了一样。对了，被天空流放的证明文件你们应该在身上带着吧？赶紧拿出来！"

俩人你望我我望你，不知道如何是好，这时冲榭童子回答道：

"我们身上没有那种东西。"

鲸鱼很是生气，朝他们吐了口唾沫。海星们早就吓得面如土色，纷纷逃窜开去，只有冲榭和宝榭还在原地笔直地站立着。

鲸鱼的神色让人很是惧怕，他说：

"没带文件？你们这两个混账！你们也不想想，在这里的家伙们，无论当初做了多么十恶不赦的坏事被流放到这里，可是只要到了我鲸鱼老大的地盘，就必须带着文件来报到。你们两个还真是独树一帜啊！哼，我干脆把你们都吞进肚子里好了，认命吧！"鲸鱼把嘴巴张得大大的，准备对他们发起进攻。海星和周边的鱼儿们害怕受到牵连，早就躲到了泥里。

这时，一尾周身银光闪烁的小海蛇从对面游来，鲸鱼惊讶地赶紧把刚刚张得大大的嘴巴闭上。

海蛇一脸疑惑地看着俩人的头顶上方，直到过了许久才说道：

"你们是怎么了？你们不像是做了坏事被流放下来的呀！"

鲸鱼在一旁插话道：

"这两个家伙竟然连流放的证明文件都没带！"

海蛇用力剜了一眼鲸鱼说：

"给我把嘴巴闭上！这里你哪有资格说话！你没有权力在他们面前乱叫？你只能从张着嘴的黑影来判断这个人有没有行恶，而看不到做好事的人们头上发亮的光圈。星星们，请你们到这边来，我将把你们带上海蛇王的宫殿里去。喂，海星！点灯！还有，鲸鱼，不要再乱来了！"

鲸鱼趴在地上磕了磕头。

更加让人目瞪口呆的是，红光闪闪的海星排成整整齐齐的两列，就像人间街道的路灯一样。

"那我们走吧！"海蛇拨弄了一下白发，毕恭毕敬地说。于是俩人在海蛇的带领下，从那条海星列队而成的星光大道走过。不一会儿，他们就看到了前方黑蓝海水中闪耀的地方，自动开启的巨大白色城门。海蛇们正成群结队地涌出来，对两位贵宾的到来表示欢迎，冲榭和宝榭这一对双子星也被带到海蛇王的座前。和蔼可亲的海蛇王正捋着白色长髯，笑着对他们说：

　　"你们就是冲榭童子和宝榭童子吧！久仰久仰！前段时间，我们听说在你们的无私奉献下，一向邪恶的蝎子也被你们所感动，现在一心向善。我已经下令，把你们这段故事写到小学的教科书里面了。对了，这次飞来横祸，尽管是上天注定，可是也让你们受到了不少惊吓吧！"

　　冲榭童子回答道：

　　"您这番话真是让我们感到惭愧。我们已经没办法再回到天上，假如有什么我们可以效力的，我们一定义不容辞。如果真的可以帮上忙，那也是万幸了！"

　　海蛇王说道：

　　"不，不，您这么谦逊才真是让我惭愧呢。我将派龙卷风尽快送两位回到天界。等二位回到天界以后，还请代我转达星星王，说海蛇向他老人家请安。"

　　宝榭童子兴奋地说道：

　　"这样说来，您和我们的大王认识喽？"

　　海蛇王赶紧从椅子上站起来说：

　　"不，您不能把我和星星王称为同辈。星星王是我唯一的王。从很早的时候开始，星星王就一直是我的恩师，我只是他的仆人而已。不，这样说您也许听得云里雾里，可是，您很快就会明白的，那么就让龙卷风送二位回到天界吧，趁现在天还没亮。喂喂！准备好了吗？"

海蛇侍从游了过来。

"是的，已经在门前等着了。"

于是冲榭和宝榭朝海蛇王毕恭毕敬地行了礼。

"那么，海蛇王，请您多保重，改天我们一定要从天空再次好好感谢您，也祝福这个海底王国一直繁荣昌盛。"

海蛇王起身回礼道：

"也希望你们持续发光，那么请多多保重。"

仆人们一直朝冲榭和宝榭行礼。

两人从城门走了出去。

蜷成银色的龙卷风正在休憩。

海蛇侍从把俩人放到龙卷风的头上。

俩人把他头上的角紧紧抓住。

这时成群的红光海星们都涌过来，争先恐后地叫道：

"再见了，请代我们问候天空之王，还请帮我们向大王说说好话，希望有一天能够原谅我们的罪过，谢谢你们了！"

俩人齐声答道：

"我们一定会的，希望我们很快可以在天空相见！"

龙卷风缓缓起身。

"再见，再见！"

龙卷风的头已经跃出了海面。就在那一刹那，周围突然响起巨大的声响，强力水柱伴随着龙卷风快速攀升至高处。还有好久才天亮，银河已经快到了，而两人的宫殿也已经清晰地出现在了他们眼前。

"请看一下那个。"黑夜中，龙卷风忽然说道。

两人回头一看，那颗散发着蓝白光芒的巨大彗星正一点点变成碎片，落入深黑色的大海，天空中，一阵阵凄厉的惨叫声响起。

"那个家伙会变成海参。"龙卷风安静地说。

天空中，已经可以清楚地听到《巡星之歌》了。

童子们回到自己的宫殿。

龙卷风把俩人放下，说了声："再会，请多保重。"同时，像风一样消失，回到了海里。

双子星从自己的宫殿的阶梯走上去，端端正正地坐好，对无法看到的天空之王说："很抱歉，今晚因为我们自身的原因而没有坚守在岗位上，我们知道即便说再多道歉的话也是无济于事的。可是虽然是这样，我们依然幸蒙王恩，在大劫中获得了令人难以置信的帮助。在此，我们要把海蛇王对您无限的崇拜之意转达给您，而海底的海星们也希望您大发慈悲。此外，这是我们自己对您的请求，假如可以，希望您能原谅海参的罪过。"

之后两人把手边的银笛拿了起来。

东边的天空有金黄色的光泽在闪耀，很快就要天亮了。

信号灯先生与信号灯小姐

（一）

咔嗒咔嗒，啾——呼！呼！

蝎子红眼①出现在眼前，自那以后，

今朝也开始于四点，不停歇。

此刻正是远野盆地，黑夜无边无际，

只有寒冰凛冽水声，滴答答盘旋。

咔嗒咔嗒，啾——呼！呼！

我对着冻结沙石岩砾，呼出雾气，

身处无边黑夜，我卷起点点星火，

我来到蛇纹岩的悬崖之上，

东方天空终于，有金光隐约闪现。

咔嗒咔嗒，啾——呼！呼！

鸟儿动听的声音传来，树木有亮光闪烁，

---

① 天蝎座的 α 星（Antares，赤色巨星，一等星），位于蝎子最中心的部位。——译者注

青蓝河流依然汩汩流淌，

山豁谷涧里，却是承负了，

整个倾斜缓峭坡面，刺眼的白霜。

咔嗒咔嗒，咻——呼！呼！

跑来跑去身体真是变得暖和起来。

呼——呼——我气喘吁吁，汗如雨下。

还想再跑七八公里哪，

今天也是，一整天霜降的阴霾。

咔嗒咔嗒，叽——呼！呼！

　　早晨第一班列车从轻便铁道的东边匆忙开过来，边哼着这支歌，边停到了这里。孱弱的水蒸气从火车下方逃了出去，一缕青蓝色的烟从细长且奇怪的烟囱里冒了出来。

　　轻便铁道沿线的电线杆们心里的石头似乎都落了地，小声呢喃着，信号灯柱"喀"的一声把白色的横木举起来。这根垂直往上的信号灯柱，就是信号灯小姐。

　　信号灯小姐轻轻叹息了一声，抬头望天。天空里布满细薄云缕，一条一条的，而那些云缕在降射了散发出来的冰冷白光以后，又安静地飘向东方。

　　信号灯小姐专注地遥望着那些云的动向，之后温柔地延伸着横木，尽她所能延伸到那边，一边用极其微小的声音说道：

　　"今早那些太太们肯定也会把眼神投向我这边的。"

　　信号灯小姐无时无刻不在注意着那些云的动向。

　　"喀噔！"

　　忽然，后方安静的天空发出一个清脆的声音，信号灯小姐赶紧回头。这时，为了迎接那来自南方的白烟滚滚的列车，在经年累积的黑色枕木那头，那条壮丽的铁道主线的信号灯柱正把他身上坚硬的横木放下来。

“早啊，今天早上的空气真好！”铁道主线的信号灯柱站得笔直，和往常一样打着招呼。

“早啊！”信号灯小姐把眼皮垂下来，小声回答道。

“少爷，这样不可以啊！今后你不能那么冲动地和那种家伙说话。”给主线信号灯先生提供夜间电力的粗壮电线杆居高临下地说。

主线的信号灯先生看起来很是不悦，忐忑地保持着沉默。怯懦的信号灯小姐什么也不想，只想赶紧从这里消失或者飞得远远的。可是，无论怎么想都是白搭，到头来，她依然只能在原地站着。

云的条纹看起来就像薄薄的琥珀板，一副隐隐约约的状态。因为从云的缝隙透下来的微弱的日光，让主线信号灯先生旁的电线杆看起来很高兴，边看着驶向对面原野的小型马车，边小声唱起了有些荒腔走板的歌。

哐，铿——铿——
从丝薄的云那里，
有酒降下来。
从那酒的当中，
流出了白霜。铿哐铿——铿——
铿哐铿——铿——
假如霜溶了，

土地将化作泥泞，

马蹄深陷，

人们也仰面朝上。

铿咣铿——铿——

（二）

之后他又连唱了好几首让人摸不着头脑的歌。

这时，主线的信号灯柱小声请西风代为转达：

"请你千万不要在意。这个家伙很粗鲁，完全不懂礼貌。事实上我也一直饱受他的折磨。"

轻便铁道的信号灯小姐听到这话，不知如何是好，把头低下来小声说道：

"哎呀，没有的事啊！"可是因为当时她所处的位置的风向变了，所以主线的信号灯先生并没有听到她说的话。

"你愿意原谅我了吗？实话实说，如果你生我的气，不理我的话，我就没有理由再活着了。"

"哎呀哎呀，怎么能说这种话呢？"用轻便铁道的木材做成的信号灯小姐看起来像是很疑惑地抖动了一下肩膀，可事实上她那稍微垂下来的脸蛋正因为高兴而熠熠生辉。

"信号灯小姐，请你听我说，我打算在下一班十点的火车开来时，让你看看我不把手腕的横木放下来，英勇无畏地等着他通过的飒爽风采，这一切都是因为你。"只是没过多久，嘴里呼啸着的风正好停歇了。

"哎呀，你可千万别那么做。"

"当然不可以。要是火车通过时不把手腕放下来，无论是对你还是对我，那种事情都太危险了，我是绝对不会做的。只是有点想尝试一下，说说而已。对于我来说，世界上最重要的东西就是你了。请你对我的爱给出回应吧！"

信号灯小姐只是安静地看着地面站着。主线的信号灯先生旁边的矮电线杆又唱起了荒谬的歌。

> 铿哐铿——铿——
> 山中的洞穴里，
> 大熊烧着火，
> 烟雾浓得呛人，
> 就逃离了洞。
> 铿哐铿——
> 田螺慢悠悠的，
> 唔，田螺慢悠悠的。
> 田螺帽子是用
> 最上等的高级罗纱做的。
> 铿哐铿——铿——

主线的信号灯先生的性情很急躁，因为他并没有等到信号灯小姐的任何回应，他已经焦头烂额了。

"信号灯小姐，你不回复我吗？啊，我的世界已经陷入了黑暗，眼前漆黑一片。啊——雷打下来了，我的身体会被敲得粉碎。脚边有火焰在燃烧，我就这样被抛得远远的。一切都……已经结束了。雷电降下来，敲碎我的身体。脚边……"

"不，少爷啊！假如有雷电劈向你，我将帮您挡住，请您放心。"

不知道什么时候，信号灯先生旁的电线杆已经停止了唱歌，同时也把头上细细的金属线直立起来，还不停地眨巴着双眼。

"喂，谁叫你插嘴的？现在是你插嘴的时候吗？"

"请问您又怎么了？我只是想好好履行一个仆人的责任，让您了解我的心意而已。"

"好了，你给我停下来吧。"信号灯先生大叫道。可是信号灯小姐不发一言。

云絮慢慢稀薄了一些，云隙中透下来柔和的光线。

（三）

从西边山脉上的黑色横云里，初五的月儿再次冒出了头。在她落入西山之前的那一刹那，发出了浑浊的光芒，整座山都被她蒙上了动人的色彩。

在这个时节，除了远处的风声或是水声，冬天枯干的树木和层层叠叠的黑色枕木都进入了冬眠状态，电线杆也不例外。

"啊——我已经没有理由再活在这个世界上了。在火车到来的时候，我为什么要把手腕放下来，又必须把青色的眼镜戴上呢？对于我而言，这世界已经变得索然无味。啊——死了就好了。可是我要怎么死呢？还是死在闪电或火焰的喷射中好了。"

主线的信号灯先生今晚也没能好好地入睡。他烦躁极了。可是并不只有信号灯先生如此，信号灯小姐，就是那个在枕木对面悄然站立、红光闪闪的轻便铁道信号灯，也因为过于烦闷而无法进入梦乡。

"啊——信号灯先生也太过分了，我只是因为害羞无法给出答案，他就那么生气。唉，于我而言，一切都结束了。神啊，假如你要在信号灯先生身上降雷，干脆也把我一块劈了吧！"

信号灯小姐就这样一直对着天空祈祷。可是，那祈祷的声音隐隐约约传入对面信号灯先生的耳中。信号灯先生大吃一惊，似乎是为了把那阵紧张感驱除，他挺直胸膛，又思考了一会儿，开始咔嗒咔嗒地颤抖。

他哆嗦着问道：

"信号灯小姐，请问你在祈祷什么呢？"

"我也不清楚啊！"信号灯小姐小声答道。

"信号灯小姐，你这样说就太伤人了吧？我是说我马上就要被雷公劈碎，从脚边喷射出火焰，又被吹倒，这事可像被诺亚方舟时代的洪水吞噬哦！我都这样说了，你依然对我没有一点同情心吗？"

"哎呀，那喷射的火焰和洪水就是我所祈祷的啊！"信号灯小姐不由得说了出来。听到这话，信号灯先生开心坏了，身体又像之前一样开始颤抖，连那副红眼镜都跟着晃动了呢！

"信号灯小姐，为什么你一定要死呢？告诉我吧，把原因告诉我吧！我一定会帮你把那个大坏蛋赶跑的，所以请你跟我说说，究竟发生什么事了？"

"那是因为，因为你动那么大的肝火！"

"唔，啊，是那件事啊！嗯，不会的。假如是那件事的话，请你放宽心，没事的，因为我压根没有生气。对于我来说，即便我被人把眼镜摘掉，双手被人束缚住，然后被人沉到沼泽地，如果是因为你，那也是我心甘情愿的，我不会恨你的。"

"哎呀，真的吗？我太高兴了。"

"因此请你爱我吧！就对我说爱我吧！"

这时，初五的月亮正好在云和山的正中间挂着，看起来信号灯先生的颜色好像变了，像灰幽灵一样开口道：

"你又不说话了，果然你还是不喜欢我的对吧？算了，已经没关系了，反正我这身躯已经注定要被喷射的火焰或洪水或劲风所摧毁。"

"哎呀，不是这样的。"

"那是怎样的？怎样的？怎样的？"

"从很早以前，我就一直在想你。"

"你说的是真的？你说的是真的？"

"嗯。"

"那样的话就太好了，请答应和我结婚吧！"

"可是……"

"这还有什么好犹豫的呢？等春天到了，我们就请燕子把我们要结婚的消息散播出去，之后举行结婚典礼，我们就这样决定好了吧！"

"可是我是个一点都不引人注目的女人……"

（四）

"我知道的，而且，我觉得那不引人注目的地方正是可贵之处。"

听了信号灯先生这番话，信号灯小姐突然勇敢地说道：

"可是你是金属做的吧？新式的信号灯，有两组红色绿色的眼镜，晚上还有电灯对不对？而我即便是到了晚上也只能点着油灯，还只有一副眼镜，更何况，我还是木头做的呢！"

"我都知道，所以我是真心喜欢你的。"

"真的吗？那我真是太高兴了，我答应你。"

"啊，谢谢，真是太开心了！那就这样决定好了，你一定会成为我将来的好妻子的。"

"嗯，一定的，因为我一定会遵守诺言。"

"我要给你订婚戒指哦！你看天空上那并排的四颗蓝色星星。"

"嗯。"

"最下面那颗星星脚下那圈小小的环你看得见吧？那是环状星云，请你接受那圈光环吧！我是真心爱你的。"

"嗯，谢谢，我收下了。"

"哎呀，真是太搞笑了！你还真不简单哪。"

突然，一阵巨大的声音从对面漆黑的仓库传来。俩人都不再说话。

仓库又说道：

"可是你们不用担心，我会保守秘密的，因为这件事已经被我咽到肚子里去了。"

正当那时，月亮娘娘重重地沉到了山脊后，周围被一层稀薄的昏暗所笼罩。

现在，因为风实在是太厉害了，主线的电线杆们和轻便铁道上的电线杆全都被吹得东倒西歪，没有一刻是安静的。可是，哪怕是这样，天空仍然明澈。

主线信号灯旁有点胖的电线杆也停止唱那些荒谬的歌了，他把自己的身躯尽量缩小一点，眼睛只剩下一条缝，念叨着什么，装作和其他人没什么区别。

而这时的信号灯小姐正一边看着在天边闪烁的青光中漂移的云朵，边偷瞄了一眼信号灯先生。

信号灯先生今天则把腰杆挺得笔直，就像有人要来巡查一样。他很喜欢现在风呼呼刮的场景，这样身边的胖电线杆就听不到自己说话了，他就可以无所顾忌地对信号灯小姐说话了。

（五）

"今天的风真是刮得太猛了！你会不会头疼啊？我倒是有点头晕。对了，我想跟你说好多话，你只需要点头或摇头就可以了。因为即便你回答了我，也无法传到我这边。与此同时，假如你觉得我说的话太没有意思了，你就摇摇头。事实上，欧洲人就是这样沟通的呢！他们那边啊，像我们一般比较好的伴侣，不想让自己的交谈被别人所知晓的话，就会采取这种沟通方式。我是从他们那边的杂志上学的。对了，仓库那个坏蛋，真是太奇怪了！忽然就插入了我们的话题，谁要跟他说话啊！那家伙真的肥得流油呢！而且今天是那样眨巴着眼睛看着我！

"尽管我知道属于我的你正在说什么，可是这阵风太可恶了，我什么也听不见。

可是，你那边可以听见我说话吧？假如听得见，你就摇摇头。嗯，可以听见吗？真想早点和你结婚，如果春天来得更早一点就好了。而我这边这棵呆木头，就先不要告诉他了。不让他知道的话，再忽然……嗯哼，啊——因为风的关系，喉咙太干了！好疼啊！等会儿再说吧，我的喉咙太疼了。你听到了吗？一会儿见。"

之后信号灯先生边痛苦地呻吟，边用力眨着眼睛，安静了许久。信号灯小姐则安静地等着信号灯先生的喉咙好起来。电线杆伴侣用力叫着，风呼呼地刮着。

（六）

信号灯先生边努力吞咽着口水，边用力把痰咳出来，他的喉咙才终于好了，于是他再次开始对信号灯小姐说话。可是这时的风刮得更猛烈了，周围的电线杆们也像爆发了一样，持续"喔喔"地响着，因此信号灯先生极力发出来的声音，只能传一半到信号灯小姐那里去。

"啊，假如是为了你，即便要我在火车到来时，不把手腕放下去，或者其他的事，我都会毫无畏惧地去完成的，你知道吗？请你也和我一样保持坚定的决心吧！你确实很美！你看，世界上我们的同伴也不少啊，那里面女人就占一半吧？而你，正是在所有女人中最漂亮的那一个。尽管外面的女人究竟是什么样，我并不太了解，可是我想肯定和我想象的差不多，一定是这样的。怎么样？听得到吗？我们身边的这些家伙都太笨了，真是蠢笨至极。我旁边这些家伙肯定在想，我究竟跟你说了些什么。啊，你看，他不正在用力地眨眼吗？要提到这个家伙啊！体形连粉笔都赶不上。看，他竟然把嘴扭成那个样子，真是太让人吃惊了。你听得见我说的话吗？我的……"

"少爷，从刚才开始，您就一直不停地在讲话，究竟在说些什么呀？而且您和那信号灯女人在一起，为什么没有了男子气魄呢？"

在一阵吵吵嚷嚷中，在主线信号灯先生旁边附着的电线杆突然发出了怒吼声，信号灯先生和信号灯小姐的脸一下子就变绿了，不自觉地挺直了原来向这边弯曲的身体。

"少爷，请您回答，这是您的责任所在。"

（七）

信号灯先生终于打起精神来，他想反正在风向的影响下，无论对电线杆说什么都不是问题，于是他严肃地说道：

"笨蛋，我和信号灯小姐结婚并幸福地生活的话，也会帮你找一个粉笔新娘的。"

这句话很快就被处在下风位置的信号灯小姐听到了，她边感到害怕的同时，边高兴地笑出了声。看到这一幕的附在主线信号灯先生身边的电线杆当然非常生气，他的身体抖动着，脸色一会儿青一会儿白，把下唇咬得紧紧的。他用力甩了下手，就像一下子就甩到很远地方去一样，之后问处在下风位置的轻便铁道的电线杆，信号灯先生和信号灯小姐究竟说了些什么，信号灯小姐为什么会那样笑。

信号灯先生这次可没计划好！在离信号灯小姐的位置更远一点的下风处，听力敏锐的长电线杆一直装作漠不关心的样子，在看着天空的同时，也听到了刚才所有的话。于是，他经过东京把刚刚听来的话全部转述给了附在主线信号灯旁的电线杆那里。

附在主线信号灯先生旁的电线杆恨得咬牙切齿的，当把整个谈话内容听完以后，直接像疯子一样大叫道：

　　"啐！我真是太生气了！太过分了，太过分了！喂，少爷，我也是个男人哪，你觉得我会容忍自己这样被人当笨蛋耍吗？你们想结婚对不对？如果你们想的话，就当着我的面结啊！我们电线杆全都投反对票！即便是所有信号灯都表示支持，铁路局长的命令有人敢反对吗？铁路局长可是我的叔叔哦！要结婚还是要怎样都悉听尊便，行得通的话就试试看啊！哼！哼！"

　　附在主线信号灯先生旁的电线杆随即把电报发给了各个方向，之后听着各方的回复，他的脸色才变得好看了一点儿。没错，他好像已经听到各个方向反对的声音了，而拜托铁路局长叔叔的事也一定可以圆满完成。

　　信号灯先生和信号灯小姐目睹着这一切，一时间被吓得呆住了，不知如何是好。可是，当附在主线信号灯先生旁的电线杆把所有反对资源都准备好了以后，却突然哭出了声。

（八）

　　"啊呵呵——这八年以来，我对你照顾得无微不至，你竟是如此回报我的吗？啊——真是太冷酷了，这个世界已经没有了规则。啊———切都结束了，真是太惨了，即便是美利坚合众国的爱迪生神明也把这个过分的世界给放弃了吗？嗡嗡嗡嗡，铿铿铿——铿——铿铿铿——"

　　风吹得愈加狂热了，西边的天空呈现出隐约的白色，很是奇怪。当大家正感到诧异时，一片片雪花飘落下来。

信号灯先生无助地站着，温柔地看了一眼信号灯小姐。信号灯小姐小声啜泣着，却依然为了迎接两点到来的火车而把手臂放下来，垂下的肩膀，依然颤抖不已。天空中刮着猛烈的风，不知道流泪的电线杆则持续发出"铿哐铿——铿——铿哐铿——铿——"的声音。

又到了晚上，信号灯先生仍然安静地站立着。

晶莹的月光照着雪面，雪面再把闪耀的光辉反射出去，而两点小小的澄澈的红光和青光在光辉中浮现。四下一片寂静，山脉就像年轻白熊贵族的尸体一样安静地铺陈开来，而白天烈风的余波正"咻"的高呼着吹过遥远的地方。尽管是这样，周围还是寂静无比。黑色的枕木进入了沉沉的梦乡，当他们正在各种红色三角形和黄色点点组成的梦境中徜徉时，年轻悲伤的信号灯先生不由地轻轻叹息了一声。于是身体冻僵了的，一直安静地站立着的信号灯小姐也轻声叹了口气。

"信号灯小姐，对于我们来说，这可太难过了。"

信号灯先生终于没忍住，低声对信号灯小姐说。

"嗯，这都怪我。"信号灯小姐把颈项垂下来，面无血色地说。

（九）

各位，此时信号灯先生的心里就像有一团火在燃烧一样。

"啊，信号灯小姐，好想和你逃到一个没有人认识我们的地方。"

"嗯，要是可以的话，天涯海角我都愿意和你一起去。"

"你看，比天空上方那枚我们的订婚戒指还要遥远的地方，你有没有看到那小小的青蓝火光？那里离我们真的很遥远呢！"

"嗯。"信号灯小姐似乎用嘴唇亲吻了一下那火光，把头抬起来，仰视着天空。

"那边应该是有青色的雾火在燃烧吧？好想和你一起坐在那青色的雾火中呢！"

"嗯。"

"可是那里没有火车吧！那我就来开辟一块田地吧！还是要做点工作的。"

"嗯。"

"啊，星星神啊，请把我们两个一起带走吧！啊，善良的圣母玛利亚，还有仁慈的乔治·史蒂芬孙神明①啊，请听听我们的祈祷吧！"

"嗯。"

"那我们共同祈祷吧！"

"嗯。"

"善良的圣母玛利亚，请您可怜可怜站在澄澈夜空的下面、冰冷雪面上祈祷的我们；仁慈的乔治·史蒂芬孙神明，请您可怜可怜您仆人之下的仆人，听听这可悲灵魂的真诚诉求吧！啊，圣母玛利亚！"

"啊！"

---

① 宫泽贤治把蒸汽火车的发明者 George Stephenson 乔治·史蒂芬孙（1781—1848）和前面的"美利坚合众国的爱迪生神明"并列提起，尊称他们为和铁路有关的神明，是为本文中谐谑性的称呼。——译者注

（十）

星星们依然如往常一样，安静地运行着。那红眼的蝎子正忙着在东方的天空出现，当圣母玛利亚月亮娘娘用她那既关爱又高贵的黄金眼睛看向那俩人，准备落入西边那片昏暗的山背后时，因为过度祈祷，信号灯先生和信号灯小姐都累得睡着了。

现在是白天了。为什么呢？因为黑夜和白天一直保持着交替的状态。

闪耀着金光的太阳公公从东边升起来了。信号灯先生和信号灯小姐在金光的照耀下，变成一片美丽的桃红。突然一个嘹亮的声音响起，并在四周扩散开来。

"喂，附在主线信号灯旁的电线杆，赶紧跟你叔叔说说好话，让他们两个在一起吧！"

说话的是之前那个晚上的仓库的屋檐。

仓库的屋檐把像铠甲一样的亮晶晶的、上了红釉的瓦片一层一层穿在身上，眼睛还转来转去，观察着四周。

附在主线信号灯旁的电线杆颤抖着，然后尽力平复自己的心情后说：

"哼，什么呀？为什么你会这么说？"

"喂，不要觉得自己是多么了不起！喂，如果真要说这其中有什么原因的话，那可真不是三言两语可以说清楚的。假如说没什么理由，那就很单纯的也没什么理由。可是，像你这种奇怪的家伙，还是不要管这种事为好。"

"什么呀，我可是保护信号灯先生的人哪！也是铁路局长的侄子呢！"

"这样，那可真是伟大。又是保住信号灯先生的人，又是铁路局长的侄子。假如是那样的话，那你不如和我比比？我啊，嗯……既是保护盲鸢鹰的人，又是感冒病人的侄子哦！如何，我们俩谁更了不起？"

"这都什么呀！铿哩！铿哩铿哩！咯啦！"

"干吗这么生气！我只是开个玩笑而已！不要总往坏处想！喂，那两个人好可怜啊，你也帮帮忙，撮合一下他们吧！要不然不显得太稚气了吗？不要总是说些嫉妒的话。有那么伟大的保护者，有多少人会向信号灯先生投来艳羡的目光啊！喂，成全他们吧！成全他们吧！"

附在主线信号灯旁的电线杆原本想说些什么，却因为太生气了，只能发出啪叽啪叽的声音。

因为他那生气的表情，仓库的屋檐也露出一副难以置信的表情，安静地看着电线杆那边。太阳公公升得更高了，信号灯先生和信号灯小姐又叹息了一声，互相看了一眼对方。信号灯小姐把眼睑略微垂下来，看着信号灯先生洁白胸前的眼镜的绿色光影，然后突然掉转了视线，若有所思地看着自己的脚。

今天晚上很暖和。

夜色里有了浓浓的雾。

从那层浓雾看过去，可以看到静静降下来的水色的月光，众人都睡着了，包括电线杆和枕木在内。

信号灯先生像在等待什么一样，重重叹息了一声，而信号灯小姐也不由得用一声叹息结束了心里的万千思绪。

这时，信号灯先生和信号灯小姐听见仓库屋檐正在雾中轻柔地对他们说话。

"你们两个，可真是可怜啊！今天早上我原来是想好好帮一下你们的，没想到却弄巧成拙了。真是很抱歉啊！可是你们也不要太担心了，因为我还有其他的方法。今天晚上的雾太浓了，你们互相看不到对方，一定很孤单吧？"

"嗯。"

"嗯。"

"这样啊，那我就让你们互相可以看得见对方吧！和我一起做哦！知道吗？"

（十一）

"嗯。"

"好，那，阿鲁发——"

"阿鲁发——"

"哗——嗒——"

"哗——嗒——"

"嘎姆吗——"

"嘎姆吗——"

"得鲁他——"

"得——鲁——他——啊—啊啊啊——"

真的是太令人难以置信了，不知道从什么时候开始，信号灯先生和信号灯小姐已经肩并肩站在黑乎乎的夜里了。

"咦？发生什么事了？周围竟然是如此漆黑。"

"对啊，真是太难以置信了！太黑了。"

"不，头顶上空还有很多星星。哎呀，真是又大又闪的星星啊！我们还从来没有看过这样的天空吧？之前那十三颗连在一起的蓝色星星①在哪儿呢？我们还从来没有看过那样的星星，连听都没有听说过！我们两人究竟到了哪里呢？"

"哎呀，天空运行得也太快了吧？"

"嗯，啊——那颗巨大橙色的星星现正从地平线上升起来。咦，不是地平线，应该是水平线吧！对了，这里是黑夜的海边啊！"

"哇——好美，看那动人的蓝色光芒！"

"嗯，那是在岸边波浪上拍打的波峰。很好看对不对？我们去看看吧！"

"哇，那水真的就像月亮娘娘散发出的光芒呢！"

"你看，水底有红色的海星，还有银色的海参。慢一点，我们进来了哦！你看那翻滚着的蓝色芒刺，是海胆呢！波浪要来了，我们赶紧往后退。"

"嗯。"

"天空已经运转几次了呢？好冷啊！海似乎冻上了一样，波浪也停止唱歌了！"

"可能是因为波浪止息的原因吧，似乎有什么声音呢！"

"什么声音？"

"就如同水车在梦中转动的声音。"

"没错，就是那个声音，那是毕达哥拉斯派天球运行的谐音。"

---

① 大概是指金牛座的昴星团。平时如果用肉眼来看的话，通常只能看到六颗星。——译者注

"哎呀，我们周遭的景色似乎也变白，变得模糊起来了呢！"

"可能是天亮了。咦，真美啊！可以很清楚地看到你的脸。"

"你的也是啊！"

"嗯，只有我们两个人了。"

"啊，青白的火焰正在燃烧呢！地面上、海里都有，可是根本感觉不到热。"

"这里是天空哦！那火是星雾中的火。我们实现了自己的愿望。啊，圣母玛利亚！"

"啊！"

"地球很远呢！"

"嗯。"

"地球在哪边呢？身边到处是星星，我已经分不清哪一边是哪一边了！我那棵呆木头不知道怎么样了？那个家伙真是令人同情。"

"嗯，那火焰变得更白了，正燃烧个不停呢！"

"现在肯定是秋天了，还有那个仓库的屋檐对我们也很好呢！"

"那是当然。"忽然一个粗重的声音说道。等他们发现时，俩人看了看四周，啊——原来是一起做了一个梦。不知道什么时候雾散去了，整个天空的星星们忙着眨眼睛，漆黑的仓库屋檐在对面站着，露出亲切的微笑。

俩人又小声叹了口气。

黄色的西红柿

博物局十六等官[①]

乔斯泰记

在我们镇上的博物馆的玻璃橱窗里，陈列着四只已经被制成标本的蜂鸟[②]。

当它们还有生命时，只要它们发出"咪咪"的声音，像蝴蝶一样采蜜时，那模样不知道有多么可爱，而在这四只蜂鸟中，有一只最深得我心，它扑棱着翅膀站在最高的枝上，似乎要展翅飞翔一般，煞是威风，胸前还有着美丽的波浪形花纹。

这些事都发生在我小时候。一天早上，当我去上学时，半道上去了博物馆，在橱窗前站立了好一会儿。

那时，那只蜂鸟忽然发出了美丽而小巧的声音，对我说道：

"是啊，尽管培姆佩鲁这孩子很乖巧，可是遭遇了不幸哪！"

那时的博物馆还被厚厚的茶色窗帘遮掩着，因此看室内的景象时，就像是透过啤酒瓶的碎片看过去一样。我也跟他打了声

---

① 官泽贤治所创作的官职名称。——译者注

② 鸟类中体型最小的鸟。

招呼。

"蜂鸟，早啊，培姆佩鲁怎么了？"

蜂鸟在玻璃那一边说：

"嗯，早啊，奈莉妹妹也很可爱，可是也很令人同情。"

"究竟怎么了，你快跟我说说吧！"

蜂鸟忽然笑了一下，又接着说道：

"我会跟你说的，你把书包放在地上，然后坐到上面吧！"

那时，我迟疑了一会儿，要不要在装有书本的书包上面坐下来？可是我实在是经受不住诱惑，于是还是照蜂鸟的话做了。

之后蜂鸟开始讲述给我听。

培姆佩鲁和奈莉的父母每天都工作得很辛苦，而他们就在父母身边开心地玩耍。

……（此处原稿缺少一页）

那时，我也跟他说："再见，再见。"之后从培姆佩鲁家美丽的林木花丛飞走了，径直飞向自己家里。之后他们当然也捣了小麦。

我总是一而再，再而三地飞去看他们俩人捣小麦。在那期间，培姆佩鲁从头到脚都蒙上了一层厚厚的麦粉，卷曲的头发上、浅黄色短背心上，以及棉质的宽松长裤上都是如此。他通体雪白，可是依然卖力敲打着有着红色玻璃窗的水车工厂。而奈莉呢，她刚用棉袋把小麦粉分装成四百喱①一袋的，累了就在窗口靠一会儿，欣赏一下远处的

---

① 英重量单位格令（grain）的旧译，一喱等于 0.0648 克。

田野。

那时，我就飞过去逗奈莉玩："你喜欢野草啊？"

同时，他们还种了卷心菜。

我总是很高兴地飞去看他们俩人收获卷心菜。

当培姆佩鲁把卷心菜的大块根切下来，把菜一股脑丢到田里时，奈莉就双手捧起它，放到涂有水色漆的独轮车里。之后俩人共同推着车回家。知道吗，在田里滚来滚去的青绿色的卷心菜很是壮观呢！

他们俩人，就只是他们俩人，一直幸福地生活在一起。

"那里没有大人吗？"我忽然想到这个，便问道。

"那附近根本没有大人们哟！为什么呢？因为只有培姆佩鲁和奈莉两兄妹幸福地生活在一起啊！可是他们又的确很令人同情。培姆佩鲁明明是个乖巧的孩子，却遇到一件让人同情的可怜事！奈莉明明是个可爱的孩子，却遇到一件让人怜悯的事！"

蜂鸟忽然又沉默下来。

可是我依然很关心那对兄妹的事情，根本没办法保持冷静。

隔着那层玻璃的蜂鸟，一直安静地待着。

于是我又双手环抱着膝盖，在玻璃橱窗前坐下来，看了它好久。可是因为蜂鸟一直保持沉默，而那刻意的沉默，就像是死而复生的人一样，你可以和他说话吗？因此到了最后，我实在受不了了。我起身迈步向前，把手贴在玻璃上，之后对蜂鸟说：

"喂，蜂鸟啊，那个培姆佩鲁和奈莉后来如何了呀？他们做什么了呀？喂，蜂鸟，你赶紧跟我说说吧！"

可是蜂鸟依然把他那尖尖的嘴喙闭得紧紧的，专注地看着对面白脸山雀，再也不理我。

"喂，蜂鸟啊，你赶紧跟我说说吧！你怎么能这么过分呢？怎么可以只和我说一半呢？这不是吊我胃口吗？蜂鸟啊，跟我说说嘛，快啊，接着说嘛，为什么你不跟我说呢？"

我呼出的气蒙到玻璃上，玻璃顿时变得雾蒙蒙的。

四只美丽的蜂鸟们的轮廓也愈加不清晰了，我终于掉下了眼泪。

我为什么要掉眼泪呢？因为刚刚，那美丽的蜂鸟还用动听的声音跟我说话呢！转瞬之间却像死了一样，那灵活的双瞳也似乎变成了毫无生命的黑色玻璃珠，只有呆呆地瞪着白脸山雀。而且，它究竟是不是在看白脸山雀呢？还是只是朝那个方向看呢？这点我们也弄不清楚吧！此外，为了那对冒着酷暑工作的可爱兄妹，究竟遇到了什么不好的事情呢……只是想到这些，我的眼泪就忍不住掉下来了吧？因为这些，我可以哭一个星期。

突然，我的右肩被人拍了一下，我感受到一阵温暖。这忽然的举动把我吓得不轻，我回头一看，发现了值班的老爷爷一脸担心地看着我，眉头皱得紧紧的。他开口问我：

"你怎么哭得那么伤心？是肚子痛还是怎么了？这么一大早的，就跑到鸟儿们的橱窗前大哭，这样可不好哟！"

可是我却哭得停不下来，于是老爷爷又说了：

"不能这么大声地哭哦！尽管还有一个半钟头才开馆，我还是偷偷把你带进去好了。可是如果你还是哭得像刚才那么大声，传到外面，别人就会起疑心，跑过来问我了。因此你不能哭得那么大声哦！为什么你要哭得这么难过呢？"

我终于开口说道：

"因为蜂鸟不理我了呀！"

老爷爷忽然笑出了声。

"啊，蜂鸟也跟你说了什么话，然后又突然不说话了是吧？那个家伙真是太坏了。这蜂鸟就喜欢这么戏弄人家。看好了，我来帮你出气。"

值班的老爷爷走到玻璃前面。

"给我记好了！如果你再敢造次，我只好去馆长那里告你的状，把你送到冰岛去哦！喂，小朋友，这家伙过一会儿一定会跟你说话的，因此赶紧擦掉眼泪吧！你已经流了满脸的眼泪和鼻涕了。你看，嗯，终于又变得干净了。还有，话说完了，就赶紧去学校，因为如果你们聊的时间太长，一直聊的话，这家伙又会觉得厌烦而说一些奇怪的话，知道吗？"

值班的老爷爷帮我把眼泪擦掉，之后背着双手踢踏踢踏地去对面巡视了。

当老爷爷的脚步声从那微暗的茶色房间离开，在邻室消失时，蜂鸟终于转过头来看我了。

我的心脏重重地跳了一下。

蜂鸟用他那细不可闻的声音，小声对我说道：

"刚才真的很抱歉，因为我实在是太累了。"

我也很温柔地答道：

"蜂鸟，我可没有生你的气哟！请你接着跟我讲刚才那个故事吧！"

蜂鸟又开始讲那个故事：

培姆佩鲁和奈莉确实很可爱。他们俩人在有着蓝色玻璃窗的房子里住，假如把窗户关上，看起来就和住在海底没什么区别。之后，他们的声音我就听不到了。因为那个玻璃太厚了。可是，假如看到他们俩人看同一本大册子，一起说话的场景，就可以清楚地看到他们正在唱歌呢。我总是喜欢盯着他们那两张小嘴一张一合的动作，因此总是在院子里的百日红树上停下来，静静地看着他们。培姆佩鲁真的是个好孩子，遗憾的是在他身上发生了那件令人同情的事。奈莉也很可爱，遗憾的是做了那么让人怜悯的事。

"究竟是怎么回事吗？"

　　他们两个人一直生活得很快乐，要是日子可以一直这样持续下去就好了。可是他们在田里种了十株西红柿，其中有五株是庞德罗莎①，另外五株是红樱桃②。庞德罗莎西红柿有着硕大的赤色果实，而红樱桃西红柿则果实累累，有着像它名字一样的小巧的红色果实。尽管我不吃西红柿，可是我还挺喜欢庞德罗莎的。某一年，有株幼苗的颜色和其他的都不同，长大以后也是如此。它长得越来越结实，西红柿的青涩香味都飘入人的鼻孔，茎上也长满了像黄金球一样的颗粒。

　　之后，没过多久，果实就成熟了。

　　可是，在五棵红樱桃中，黄色果实的应该只有一棵吧！

① 西红柿的一个品种。日本明治末期到大正时代非常流行，各地均有种植。

② 西红柿小型种的代表品种。

而那棵果实竟然还如此绚丽。从锯齿边缘的黑蓝叶隙间窥探那些闪闪发光的金黄西红柿，真是太壮观了。因此奈莉说道：

"哥哥，那棵西红柿为什么会发光呢？"

培姆佩鲁把手指压在唇上，思考了一会儿答道：

"那是黄金啊，所以才会那样发光。"

"那是黄金啊！"奈莉吃惊不小。

"很美吧？"

"是的，很美。"

可是他们俩人都很默契地没有去采那棵黄色西红柿，甚至都没有碰过它。

可是后来还是发生了一件真的让人深感遗憾的事情啊！

"因此我才一直问你发生什么事了嘛？"

"这样啊，如果他们可以一直生活得这么快乐就好了。"可是，某天黄昏时分，当他们正给羊齿蕨浇水时，一种莫名的奇特乐声从遥远的原野那边传来。那种声音真是太动听了！尽管听得不连贯，却似乎带有一种铃兰或天芥菜的香味。

俩人不再浇水，对望了一阵以后，培姆佩鲁说：

"喂，我们一块儿去看看吧！那声音太好听了！"

相比于她哥哥，奈莉当然更想去，甚至连一刻都不想再等了。

"走吧，哥哥，我们赶紧去吧！"

"嗯，我们现在就出发。没事，应该挺安全的。"

于是他们俩人手拉着手，从果园里走了出去，跑向声音传来的方向。

音乐来自遥远的地方。即便他们俩人从两座全是桦树的小山翻过去了，依然觉得离那声音很远。即便他们从三条处处是柳枝的小溪流穿过去了，依然觉得还要很远才能抵达声音的来源之地。

可是不管怎样，离那声音的来源之地稍微近了一点。

当他们穿过两棵榅树交拱而成的小拱桥以后，那乐声竟然不像刚刚那样时断时续了。

于是俩人又打起精神来，把汗擦擦继续往前走。

那乐声听上去越发清晰一点了，里头有一丝轻柔的笛音，还有大张旗鼓的咆哮声。

我渐渐明白过来了。

"奈莉，马上就到了，你一定要把我抓紧哦！"

奈莉默默地把她那包着头巾的鹅蛋型小脑袋重重地点了点，紧咬牙关，跑向前面。

当他们俩人再次从满是桦树的山丘绕过去，他们面前突然出现一条扬着白色烟尘的大道。刚刚的乐声从道路的右边清晰地传过来，而另一团肆虐的烟尘正从道路左边奔向这边。从那烟雾中，隐约可以看到马蹄闪闪发光的身影。没过多久，他们就看到了那团烟尘。培姆佩鲁和奈莉相互紧握着对方的手，眼睛一眨不眨地盯着"它"，甚至都不敢用力呼吸。当然我也看到了，一匹七个人乘坐的马出现在他们眼前。

马儿一身是汗，散发出幽幽的黑色，鼻孔呼呼地翕动着，抬脚安静地往前跑。

马背上的乘客们身穿红色的衬衫，脚上套着一双锃亮的红色皮革长靴，帽子上插着的不知道是鹭鸶的羽毛还是什么，随着轻风摇曳。乘客中有留着胡子的大人，也有和培姆佩鲁年龄差不多大的、坐在最后一排的、脸蛋红红的、眼眸漆黑的可爱小孩。那阵烟尘越发模糊了太阳公公的轮廓，点亮了它的光彩。

大人们几乎都没有看一眼培姆佩鲁和奈莉，快速驶过他们身边。只有队伍后面的那个可爱的孩子看了一眼培姆佩鲁，给了他一个飞吻。

之后队伍就这样经过他们身边。这时可以更加清楚地听到从他们那里传来的那阵乐音。很快，骑马的乘客们就从对面的山丘绕过去，消失在他们的视线里，可是左边好像又有人过来了。

那是一个和小屋差不多大、像白色四角箱子一样的东西，还有四五个人跟在它后面。当他们愈加靠近培姆佩鲁和奈莉时，他们才发现竟然是一群黑色的小人儿跟在它后面。他们的眼睛所发出的光芒极其不友好，全身上下只穿了一件丁字裤，而且应该是赤足行走。尽管他们簇拥着那个白色四角的东西，可是那竟然不是箱子，仔细看过去，原来是披着一大块白布，看起来和日本蚊帐很像的东西，而白布下面还有四只灰色的大脚，连续又悠缓地做着提起放下的动作。

培姆佩鲁和奈莉觉得这些黑人们虽然很恐怖，可是也很有意思，而那四角的怪物尽管也给人毛骨悚然的感觉，可是却让他们无比好奇。于是等到那一行队伍从他们身边经过以后，俩人交换了一下眼神，然后说：

"一起去看看吧！"

"好的，走吧！"俩人的声音都带着些许沙哑的腔调，之后他们远远地跟在他们后面。

黑人们有时会奇怪地叫一通，有时又抬头望着天空胡乱跳一阵，而那四只脚则是缓缓地抬起又放下，持续着这样的动作，有时还会有呼呼的鼻息声传来。

两兄妹的手紧紧地握在一起，依然跟在他们后面。

在他们尾随的过程中，天边的太阳变得异常混浊，从西边山头落下去以后，就只有残余的黄光依然挂在天空，而地上的青草也由葱翠变得黯淡。

他们之前听到的那阵乐声越来越近了，还可以听到对面山丘的阴影处传来的马嘶声，以及它们鼻子所发出来的粗重的喘息声。

而当地四角小屋般的生物重复了将近一百次提起又放下的动作以后，培姆佩鲁和奈莉不禁被眼前的景象惊呆了。一座大城镇出现在他们眼前，街道上有着闪烁的灯光。一片平整的草地出现在他们眼前，草地上还有一座大帐篷，是用剥了皮的木材搭建起来的。尽管天色还没有完全黑，却已经有很多用乙炔点燃的蓝色灯火和拖着长长油烟尾巴的携带式烛台，而帐篷二楼却挂着一堆各式各样的图绘广告牌。一直回响的美丽乐声从广告牌后方传来，在这些琳琅满目的广告牌中，有刚刚那个向培姆佩鲁和奈莉投来飞吻的小孩牵着两匹马的样子，也有他双脚朝上的样子，而刚刚的马则被拴在帐篷前面，和其他的马儿们一起，大口吃着燕麦①。

男女老少全都在那片草地上汇聚，抬头望着帐篷上的广告牌。

这时，广告牌后方的音乐更加喧闹了。

可是，离得这么近听，确实不是什么好听的音乐。

只是一般的乐队而已。

只是，那阵乐声在经过原野时，遭到空气的阻力摩擦消失，反倒花香扑鼻。

四角的小屋也逐渐进入那座帐篷里。

那里面好像有什么东西发出了尖细的叫声。

人群愈加密集了。

乐队更是大张旗鼓地闹腾起来。

众人似乎受到了帐篷的吸引，纷纷挤进去了。

培姆佩鲁和奈莉屏气敛神，只是专注地看着眼前的景象。

"我们也进去吧！"培姆佩鲁心跳加速，他对妹妹说道。

"一起进去吧！"奈莉也回答道。

可是他们总是悬着一颗心。在入口的地方，大家好像都递给管理人员什么东西。

培姆佩鲁往人群的方向凑了一点，专注地看着他们手上的东西。那眼光就像被定住了一样，一直盯着那里看。

他看到了，那确实是些碎金子或碎银子。

---

① 稻科黑麦属。古代把它当作主食或救灾食粮，也是军用马匹和赛马用马匹的重要饲料。

假如给对方黄金，对方会找回一些碎银子。

然后那个人就进去了。

培姆佩鲁也开始在口袋里摸索，想找些金子出来。

"奈莉，你在这等等，我先回一趟家再过来哦！"

"我也和你一起去。"尽管奈莉这么说，可是培姆佩鲁已经跑出去好远，因此奈莉只能把她那满是担忧的小脸抬起来，欲哭又止地看着上方的广告牌。

我忧心他们两个，因此一直想着究竟陪着奈莉呢，还是和培姆佩鲁回去好一些。这样思考良久，又觉得来回飞，来回看，发现大家的目光都只是放在头顶上方的广告牌上，看起来并没有会把奈莉拐走的恶汉。

我这才不担心了，转头跟着培姆佩鲁回去。

那时，培姆佩鲁跑得真是快。天空中有一轮月亮，培姆佩鲁就在月亮娘娘晕开的青白光芒的照耀下向前跑。当时我追他可真是辛苦啊，只觉得眼前金星直冒，耳边是呼啸的风，桦树和杨柳以及周围的景物都遁入了黑暗，草也是黑的。在这黑暗的环境中，培姆佩鲁依然向前跑。

终于跑到了果园里。

看到在月亮娘娘的照耀下，有着蓝色玻璃窗的家散发着令人向往的光芒。培姆佩鲁驻足停留，又持续向看上去黑漆漆的西红柿跑去，从那结着金黄果实的枝干上把四颗金色西红柿摘下来。之后他又如同一阵风一样，因为汗水和胸中剧烈的鼓动，飞一般回到了刚才的草地，而我早就累得虚脱了。

奈莉一直翘首盼望，一直朝我们的方向望过来。

培姆佩鲁对奈莉说：

"好了，我们进去吧！"

奈莉高兴地一蹦三尺高，之后俩人拉着手共同来到木头窗口边。培姆佩鲁安静地把两个西红柿递给管理人。

管理人边说"欢迎光临"，边把西红柿放下来，脸上的表情很是奇怪。

他把目光长久地放在那两个西红柿上面。

之后他的面孔扭曲了，大骂道：

"搞什么名堂？你们这两个小鬼？不要觉得我是笨蛋啊！妄想用两个西红柿当作进场的门票吗？别痴心妄想了！赶紧从这里离开！"

之后他把那两个黄色的西红柿丢得远远的。其中一个沉重地打到了奈莉的耳朵上，奈莉疼痛难忍，大声哭了出来，而旁边围观的人们则发出哄堂大笑。培姆佩鲁把奈莉快速抱到自己怀里，逃离了那里。

众人的笑声依然持续涌来。

等他们逃到一片漆黑的山丘之间，培姆佩鲁也忽然哭得很大声。你肯定没有经历过那种悲凉的感觉。

那两兄妹就这么一直哭个不停，偶尔抬头看一眼对方。之后两人就按白天跟在大象后面走来的路原路返回去。

培姆佩鲁把拳头握得紧紧的，奈莉也时不时吞咽着口水，两人从长满桦树的漆黑的小山丘经过，回到了自己家。啊——真是太可怜了，太令人同情了，你能理解吗？

"那么，再见了！我已经说完了，不可以把老爷爷叫来哦！再见！"

蜂鸟说完这句话，就把它那尖细的嘴巴闭上了，眼睛只是专注地盯着对面的白脸山雀看。

这时，我已经很难过了。

"那么，蜂鸟，再见了，我还会再来的。假如你想说什么，请一定要把我当作聆听对象哦。谢谢你，蜂鸟，谢谢你哦！"

我边说边把地上的书包拿起来，从那间似乎身处于茶色玻璃碎片的房间里安静地走出来。因为外面的光线太过于刺眼，也因为太同情那对兄妹，我的眼睛忽然一阵干涩，眼泪也扑簌簌往下掉。

那是很久以前的事了，我隐约记得那发生在我小时候。

奥茨伯尔与大象

有个养牛人讲了这么一个故事……

第一个星期日

奥茨伯尔可真是个伟大的人物。

他有六台碾稻谷的打谷机，机器持续运转的同时，十六个满脸通红的老百姓边用手踩踏着机器，边捋着堆得高高的稻谷。稻穗被去掉的干稻茎被一直扔向后方，很快就形成了一座小山。空中飞舞着米糠和干稻茎混合的身影，使得这一片天空都变得昏黄，就像沙漠里的烟雾一样。

奥茨伯尔就在那不太明亮的环境里咬着大大的琥珀烟斗，边眯眼看着有没有谷粒掉到干稻茎堆里，边怡然自得地走来走去。

小屋的建筑没有任何问题，几乎相当于一个学校的面积，可是因为六台新式打谷机共同工作，轰隆隆的声音持续响起，只要进入里面，进入耳朵的全是噪声，肚子就饿得咕咕叫。所以奥茨伯尔总是觉得好饿。吃午饭时，他吃了一份热乎乎的牛排和一盘像抹布一样大的蛋包饭。

总的来说，机器就那样持续响个不停。

不知道为什么，这里来了一只白象①。那可是一只白色的大象哦！不是画出来的。你问我它怎么会到这里来？因为那家伙是大象，可能它晃悠着从森林里溜了出来，之后不知不觉就跑到这来了。

当那家伙从小屋的入口慢慢朝里面看时，村民们都紧张极了。为什么要这么紧张呢？很显然，因为不知道它此行的目的是什么呀！因此大家都担心和它有所关联。无论是谁，都全力捋着自己的稻谷。

可是奥茨伯尔把手插到口袋里，从机器的后方，偷偷看了一眼大象，然后他快速低下了头，装作什么都没有看见一样，继续像刚才一样走来走去。

忽然，这次换成了白象。它一只脚迈进了小屋，村民们可被它吓得不轻。可是因为都忙着干活，也担心和它有关联以后不会有好下场，大家依然装作没事人一样继续捋着自己的稻谷。

在里面稍暗的地方，奥茨伯尔把原本插在口袋里的手拿了出来，又偷偷瞄了一眼大象，之后装出一副很无聊的样子，刻意打了个哈欠，把双手放在脑后，又走来走去。

大象很勇敢地把两只前脚伸出来，想要爬到小屋来，村民们都紧张极了，即便是奥茨伯尔，这次也被吓得不轻。他把琥珀大烟斗紧紧地叼在嘴里，把一口烟缓缓吐了出去。可是就算是这样，他也依然装作没事人一样，继续悠闲地走来走去。

---

① 佛经中认为白象是佛陀的化身或是菩萨的前身，在佛教国家，白象只能供养不能奴役。——译者注

大象不急不躁地爬了上来，根本不管周围人是如何看它的。之后它在机器前面悠闲地散起了步。机器依然运转得飞快，喷出的米糠如同骤雨一样快速落在大象身上。大象好像觉得太吵了，于是把它的小眼睛眯起来，可是再认真一打量，可以看到它笑了。

奥尔伯茨好像终于想通了，他走在打谷机前面，正准备对大象说什么时，白象却用温柔的声音埋怨道：

"啊，不行啊，机器运转得太快了，沙子会让我的牙齿受伤的。"

说话间，那些米糠果真打到了它的牙齿上面、它那洁白的头和颈项上面。

可是奥茨伯尔已经管不了那么多了，他把烟斗拿在右手手上，把自己的情绪平复了一下说：

"怎样，这里很好玩吗？"

"很好玩啊！"大象把身躯斜靠在小屋上，眼睛半眯着回答道。

"要是让你一直留在这里，你愿意吗？"

村民们都不由得"啊"了一声，都屏气凝神地看着白象会怎么说。奥茨伯尔把这句话说完以后，身体好像也开始抖动。

白象的声音却听起来没有任何起伏："留在这里也不错啊！"

"这样啊，那就这样吧！你不是正想这样做吗？"奥茨伯尔的脸快乐地皱在了一起。

怎么样啊？如此一来，白象就变成了奥茨伯尔的所有物。无论奥茨伯尔吩咐那头白象干活，还是把它卖到马戏团，都会让他赚不少银子。

第二个星期日

奥茨伯尔可真是个伟大的大人物。

之前一头自己闯进打谷作坊里，被奥茨伯尔纳至麾下的大象，可是个非常伟大的动物，它的力量相当于二十匹马呢！它全身上下都是雪白的，有着美丽的象牙，皮肤既好看也结实，而且是经过辛苦工作锤炼过的。可是它如果真的能赚到那么多钱，还是要感谢它的主人。

"喂，你不需要时钟吗？"奥茨伯尔咬着琥珀烟斗，把眉头皱得紧紧的，来到用原木修建的象的小屋前，对它说道。

"我不需要。"大象笑眯眯地答道。

"还是戴上吧！这个时钟挺好的。"奥茨伯尔边说边把那个镀金的大时钟套到大象的脖颈上。

"很好呢！"白象也这样说。

"还得有锁才行。"奥茨伯尔边说，边把一百多公斤的锁铐在白象的前脚上。

"嗯，这锁挺好的呀！"只用另外三只脚走路的大象说道。

"把鞋子穿上怎么样？"

"我不穿鞋子的。"

"试试看吧，这鞋子挺好的呢！"奥茨伯尔把眉头皱得紧紧的，把纸糊的红色大鞋子套在大象的后脚踝上。

"挺好的呢！"大象也说。

"还得给鞋子加点装饰才行。"奥茨伯尔急切地往鞋口塞了四百公斤左右的砝码。

"嗯，真的挺好的呢。"大象试着用两只脚走路，之后开心地说道。

第二天，镀金的大时钟和不坚固的纸鞋都破了，大象只挂着锁和砝码兴奋地溜达。

"真的很对不起，因为税金太高了，所以今天请你从河里给我汲些水吧！"奥茨伯尔把手背在身后，眉头紧皱地说。

"啊，我去汲水，随便几次都无所谓。"大象开心地说。

到中午的时候，大象已经从河川汲了五十趟水。

之后它跑去了菜田。

黄昏时分，白象边在小屋里吃着干草，边看着西方天空初三的月亮。

"啊，忙碌的工作会带给人好心情呢！真是太高兴了！"白象这么说道。

"真的很对不起，税金再次上升了。请你今天去森林那边帮我搬些柴回来吧！"过了一天，奥茨伯尔把手背在身后，戴着有帽穗的红帽子，对大象说。

"啊，我去搬些柴回来。今天天气真好，我原本就喜欢去森林。"大象开心地说。

奥茨伯尔有些忐忑，烟斗都差点没有拿稳。可是当他看到大象一脸喜庆地从小屋走出去时，又安心地把烟斗叼起来，咳嗽了两声，然后转身去看村民们工作得如何了。

那天中午刚过，大象就搬了九百把柴薪回来，眼睛眯缝着，开心地笑了。

晚上，大象边在小屋里吃着八把干草茎，边抬头看着西方初四的月亮。"啊，真是太高兴了！圣母玛利亚！"它喃喃自语道。

次日。

"真的很对不起，税金比原来高出了五倍。今天可以请你去锻冶场帮帮吹一下炭火吗？"

"啊，我吹。如果我努力工作的话，我啊，即便是呼气，就可以吹起石头哦！"

奥茨伯尔原本还害怕不已，可是看到这种场景，他露出了安心的笑容。

大象慢慢走去锻冶场，咣当一声把四肢弯下来，并坐了下来，取代风箱不停地扇着炭火。

那天晚上，大象边在它的小屋里啃食着七把干草茎，边抬头看着天空初五的月亮。"啊，太累了，太高兴了！圣母玛利亚！"它这样说道。

之后，大象从早忙到晚，干稻茎依然还是五把。可是，即便只吃了五把干稻茎，它也有着无穷的力量。

事实上，大象真称得上是省钱的劳力呢！当然，这都要感谢奥茨伯尔会计算的头脑。

奥茨伯尔可真是个伟大的人物啊。

第五个星期日

奥茨伯尔啊，那个奥茨伯尔，他啊……我也想这样说的，可是后来他消失了。

等等，先镇定一下，听我继续往下说吧！我之前说的那头大象啊，奥茨伯尔对它实在是太糟糕了。

奥茨伯尔给它派发的工作越来越繁重，大象的脸上慢慢没有了笑容。有时候，它会用红龙一样的眼睛直勾勾地看着奥茨伯尔，不屑地看着他。

一天晚上，在自己的小屋内，大象一边吃着三把干稻茎，一边抬头望着初十晚上的月亮。

"好难过啊！圣母玛利亚！"大象这样说道。

奥茨伯尔听到这句话以后，对大象越发残忍了。

这天晚上，在自己的小屋内，白象一摇一晃地瘫坐在地上，干稻茎也不吃了，只是抬头看着十一的月亮，说道：

"到了说再见的时候了，圣母玛利亚！"

"咦，怎么了？再见？"月亮忽然问道。

"嗯，再见，圣母玛利亚！"

"什么吗？你有这么庞大的身体，事实上只是个懦弱的家伙啊？给你的朋友们写信不就行了吗？"月亮笑着说。

"我手上什么也没有啊。"大象用它那温柔的声音，小声哭泣着说。

"给，你要的是这个吧？"突然，一个稚嫩的童声在它耳旁响起。白象把头抬起来一看，一个身穿红色和服的童子站在他眼前，手里还拿着砚台和纸。于是白象很快就把一封信写好了。

"我遭到了人的虐待，请大家赶紧过来帮帮我吧！"

童子把那封信拿在手上，立刻前往森林。

身穿红色和服的童子抵达山里，大家正好在午休。山里的大象们原本都聚集在娑罗树①荫下，一块下棋呢，这会儿全都过来看信了。

---

① 又名七叶树，原产于印度，落叶乔木。

"我遭到了人的虐待，请大家赶紧过来帮帮我吧！"

群象们都站起来，发出了愤怒的叫声。

"去奥茨伯尔那里，让他见识下我们的厉害。"大象议长大叫道。

"哦，走吧！哦——嘎——哦——嘎——"众象纷纷响应道。

于是象群像暴风一般呼啸着从整片树林穿过，"哦——嘎——哦——嘎——"地奔向原野的方向。

每一头象都跑得飞快。小树被连根拔起，草丛更是被践踏得不成样子。"哦——嘎——哦——嘎——"像烟花一样飞奔至原野，它们奔跑着，跑着青色霞光尽显的原野另一头，看到了奥茨伯尔那栋宅邸的黄色屋檐，不由得怒发冲冠。

"哦——嘎——哦——嘎——"那时刚好是下午一点半，奥茨伯尔正躺在他那皮制的床上睡得正香，还做着乌鸦的梦。因为外面实在是聒噪得很，奥尔伯茨家的村民们走出门外，把手放在额头上挡着阳光，看向前方。看到那像森林一样密集的象群飞速冲向这边时，村民们都吓坏了，匆忙跑到屋子里面：

"主人啊！是大象啊，一群群大象冲过来了。主人，是大象啊！"他们大声喊着。

奥茨伯尔果真不是一般人，当他把有神的双眼睁开时，已经对一切了如指掌。

"喂，那头白象还在小屋里吗？有吗？还在对吧？行，把窗户都给我关好。

把白象小屋的窗户赶紧去关好，赶紧去抬一根大木头来。假如这头大象还要顽抗，我就把它关起来！用大木头绑住那窗户，我就不相信它还能怎么样？只是徒劳而已。好，再多搬个五六根来。可以了，这样可以了。已经没事了，因此大家镇定一点。喂，你们！这次换成门了，把门也关好，把门闩横木靠上。要靠紧一点。就这样，可以了，大家不要慌，都打起精神来！"

奥茨伯尔已经准备就绪，之后用亢奋的声音激励着大家。可是，不管怎样，村民们始终提心吊胆的。他们并不想被卷入这场主人惹来的纷争中，因此大家都把毛巾或手帕，或一些看起来脏脏的类似白色的东西拿过来缠在身上，以表示投降。

慢慢的，奥茨伯尔也变得坐卧不宁，不停地在屋里走来走去。他的狗也叫个不停，在屋里不停地转圈。

没过多久，当地面摇晃着厉害时，附近的光线也变暗了，象群们已经把整栋房子都包围了。"哦——嘎——哦——嘎——"在那阵可怕的喧嚣声中，也有温柔的声音响起："我们来帮你了，你放心吧！"

"谢谢，你们真的来了，我太高兴了。"白象在小屋里给出了回应。这样一来，周围的大象们叫得更加凄厉了，围着围墙转来转去，还有一些因为生气而把长鼻子扬得高高的。可是因为围墙是水泥做的，里面还加了钢筋，所以大象们想要轻易地破坏掉并没有那么容易。围墙中只有奥茨伯尔一个人在狂叫，村民们眼珠子转个不停，每个人都不知如何是好。这时，外面的大象们在同伴们的支持下，快要从围墙爬过来了，慢慢把脸露出来了。奥茨伯尔的狗一抬头看到大象那皱在一起的灰色大脸时，一下子便晕过去了。奥茨伯尔开枪了，六连发的手枪。咚，嘎——哦，嘎——哦，咚，嘎——哦——可是子弹并没有把大象打穿，反倒落在了它的牙齿上，弹到了一边。有一只大象说道：

"这个家伙实在是太吵了，干吗一直噼啪噼啪地往脸上打？"

奥茨伯尔边回忆着这话好像在哪儿听过，边从腰带上把弹药匣取下来，准备填充子弹。就在那一刻，大象的一只脚已经从围墙那边伸了过来，之后另一只脚也伸过来了。五只大象从围墙的那一边一下子都踏过来了。奥茨伯尔就这样把弹药匣握在手里，被大象踩成了碎片。门立刻被打开了。"哦——嘎——哦——嘎——"大象们一齐涌进屋里。

"监牢在哪里？"群象走进小屋，原本粗壮的原木像火柴一样被它们轻易折断，那头瘦得不成样子的白象从小屋里走了出来。

"嗯，还好吗？瘦了嘛！"众象把白象包围在中间，帮它把身上的锁链和砝码去掉。

"啊，真是太感谢你们了，我得救了呢！"白象有些寂寥地说。

哎呀，就说过去河里玩是不安全的。